婚难时代

〔日〕筋野茜〔日〕尾原佐和子〔日〕井上词子　著
曹逸冰　译

南海出版公司

新经典文化股份有限公司
www.readinglife.com
出　品

目录
Contents

1 序言

第一章 “结婚”有多难?

12 何为“寺院联谊”?
16 想当家庭主妇
22 条件是“年薪五百万以上”“合眼缘”
25 半年学费三十万的可疑培训班
29 为寻觅理想伴侣“东漂”十年
32 移居港口小镇寻觅人生伴侣,然而……
38 四分之一的男性“终身未婚”
41 谨防性骚扰
44 千万别说“你没有男/女朋友吗?”“你都×岁了”
46 大城市?小地方?
50 两天一夜的相亲移居旅行团
56 连“信息该怎么发”都有人手把手指点
59 三个月求婚
61 地方政府牵头撮合了一万多对夫妻
64 拆散情侣的圣诞夜活动

第二章　爱做梦的老年人

68　比男人努力两倍还不够?
71　记者的世界是典型的“男权社会”
74　活到老，爱到老
76　希望身边有人陪伴
78　泡沫世代是“恋爱至上主义”
80　男性为了老年生活，女性为了经济支持
84　五十五岁放弃事业，成为家庭主妇
90　“剩下来的有福气”
95　七十岁和三十八岁的老少配
100　一人独居大宅，年过花甲仍想结婚
105　蓬勃发展的老年人婚活市场
108　写在采访结束后

第三章　心急如焚的父母

112　父母替子女相亲
114　住宅建筑商涉足代理相亲活动

117 “昭和式婚姻观”暴露无遗
119 一言不合就被扣上了“不孝”的大帽子
122 父母和子女各怀心事
125 子女如何看待代理相亲
128 无法放弃让子女结婚
130 “妈，不结婚的人有的是”
133 脑海中挥之不去的“结了婚才算男子汉”
135 新冠疫情与代理相亲
137 做“婚活助理”了解子女的心思
141 依赖共生的母女
145 阻碍子女幸福的父母
148 昭和式价值观引发众怒

第四章　盼望成为母亲

154 新的选项
156 冷冻卵子
158 给时间按下暂停键
161 年龄的壁垒
166 地方政府也寄予厚望

170 主动成为单身母亲
172 亲情不需要“制度”维系
176 为孩子物色父亲
180 精子库
186 各自的选择
188 新冠疫情与新一届内阁

第五章　令和时代的恋爱与婚姻

194 平成 JUMP
197 如果德川家康开口说“你属于我”……
201 “老公和纸片人，你更爱哪个？”
205 还能跟贵族、妖怪谈恋爱
211 AI 来做媒
215 二十岁年轻人向往早婚，
“先有孩子再拼事业”的时代已到来
221 新冠疫情对婚活市场的影响
223 越来越多的女性因疫情焦虑
226 线上婚活人气爆棚

228　从“线上相亲”到“见面当天就求婚”
233　“得来速”相亲
235　找到的答案……

241　后记（一）　井上词子
244　后记（二）　尾原佐和子
247　致谢

序言

今天的日本人生活在一个结婚不易的“婚难”时代——二〇一六年冬天，我就深切感觉到了现实的严峻。事情要从一张剪报说起。那篇报道是我写的，发表于二〇〇六年十二月二十一日，题为“别让她们放弃”。里面有这样一段话：

> 婚姻的形式多种多样，婚恋观也因人而异，外人无法判断一桩婚事的好坏与对错。但是，对于女性因为环境压力而放弃婚姻与生育，比如担心因此被迫辞去工作，或陷入托儿所爆满、孩子无人照看的困境，我们也不能坐视不理。

写这篇文章时，我踏入社会不过三年，在朝日新闻社奈良总局工作，作为记者资历尚浅。那一年，我做了不少关于奈良县[①]婚恋问题的采访，这篇年终专栏文章自然而

① 日本有 47 个一级行政区：1 都（东京都）、1 道（北海道）、2 府（大阪府和京都府）、43 县，其下再设市、町、村，日本的县相当于中国的省。

然地选择了以“少子化、未婚化与晚婚化”为主题。

明明是十年前写的文章，却仿佛为当下的“未婚社会”敲响了警钟。如今，日本社会的婚恋问题没有得到丝毫改善，形势反而愈发糟糕了。年轻一代的就业情况比十年前更不景气，“不成家就不算顶天立地的男子汉”“妈妈带孩子天经地义”的传统观念依然根深蒂固。事实上，五十岁之前没结过婚的男女在人口中的占比——即“终身未婚率”（详见后文）——在持续上升。未婚群体缘何不断壮大？我对这个现象的内情产生了好奇。

岁月如梭，转眼我也三十五岁了。二十五岁时，我全身心扑在工作上，几乎没有想结婚的念头。在专栏的最后，我如此写道：“通过采访，我对婚恋问题的理解加深了。希望这份经验有朝一日能运用到现实生活中。”好像婚恋问题与我全无关系。

然而对已经三十五岁的我而言，“要不要结婚”逐渐成为最迫切也最现实的人生抉择。“要不要赶在时限之前生孩子”这个问题也不时在脑海中闪现。

我想好好梳理自己的思绪——借助深度报道的采写工作来完成是个不错的选择。

恰巧在同一时间，东村明子老师的漫画作品《东京白日梦女》引发了热议。故事的主角是三位三十三岁的单身女性，作者以诙谐幽默的笔触描写了她们的情感生活与职场故事。几位主角都爱做白日梦，张口便是“要是”“如果”这样的假设句，幻想在二〇二〇年东京奥运会举办之前步入婚姻。但这部作品并没有将“结婚＝幸福”这样的价值观强加于人，因此主角们苦苦寻找答案的模样才倍显真实。我跟女主角年龄相仿，又是老乡，她还是个编剧，跟我一样靠笔杆子吃饭，读起来格外有代入感，所以我一下子就迷上了这部作品。

每逢新刊上市，大家都会热火朝天地进行讨论。“最新那期白日梦女看了没？”“这次也说到我心坎里了！”这部作品的受众不分男女，很快就俘获了大批读者的心，还被改编成了电视剧。不过，在剧版播出之前，因为许多原作粉丝认为制作方挑的演员“一看就是现实生活十分充实的人”，还曾闹出一场选角风波。这也侧面体现了作品的热度之高。

趁着日本社会因《东京白日梦女》对未婚群体和婚恋

问题产生的浓厚兴趣，我认为现在正是报道相关问题的好时机。

于是我在生活报道部的选题会上提议，以“未婚社会”为主题开设专栏，进行一整年的纪实报道连载。资深记者尾原佐和子前辈（现为共同通信社新闻中心副主任）和师妹井上词子（现任职于共同通信社大阪分社社会部）立刻表示对这个选题感兴趣，愿意和我并肩作战。当时的部长给我们亮了绿灯，我们三人全力投入了这个项目。

我们最后敲定的专栏标题是“婚难之中”。是井上记者灵机一动，把“困难”改成了日语发音相同的“婚难”。简简单单两个字精辟地概括了我们想要表达的东西。看到“婚难”二字写在备忘录上的一刹那，我有了十足的把握——“这项目绝对能成！”

“冻卵”“黄昏恋”“父母出面的代理相亲”……专栏涉及了一些媒体从未正面报道过的话题，也许正因如此，一整年的连载宣告完结时，我们的专栏文章已经被二十多家报刊转载，还被译成英文，登在外文期刊上。

《婚难时代》一书就是在这些专栏文章的基础上诞生

的。在完善本书的过程中，我们试图从多个角度更加深入地描述婚恋问题与未婚人群的实际情况。

第一章聚焦单身男女的婚恋问题，我们将围绕“婚活”① 展开报道，告诉大家“在今天的日本结婚有多难”。

第二章将深入探讨老年人的恋爱与婚姻问题。他们热情洋溢的话语与行动能让人深切地感受到，恋爱并不存在年龄限制。

在第三章中，我们将走近父母替子女物色结婚对象的“代理相亲”现场，一窥两代人价值观差异所造成的矛盾与冲突。

在第四章中，我们采访了几位在生育问题上做出不同选择的女性朋友。她们有人选择冷冻卵子，有人求助于精子库，也有人主动成为单身母亲……这些话题或许有些耸人听闻，但我们希望细致地呈现女性“盼望成为母亲”这一纯粹的念想。

---

①“婚活”一词最早出现在日本社会学家山田昌弘的《婚活时代》中，是“结婚活动”的缩略语，泛指“为了找到结婚对象所做的事”，比如对内积极提升自己，参加化妆、健身或沟通方面的课程，对外积极相亲、约会交友等。

第五章将聚焦“令和时代的婚恋”。我们本想用积极向上的内容为本书画上句号，然而二〇二〇年起，新冠病毒肆虐全球，人们的生活节奏被彻底打乱，婚恋活动也大受影响。因此我们额外做了一些采访，希望能为后新冠时代的生活提供一些启示。在本章，你将了解到一对疫情期间于线上相识的夫妇的故事，他们第一次在线下见面，就决定要走入婚姻殿堂。

由于上述各章的内容均基于已经发布的专栏报道，文中出现的年龄和数据原则上不做改动。

在将原有报道编辑成书的过程中，我们大幅增补了采访时的切身感受。很多时候，我们不由得超越了“记者”的立场，站在个人乃至女人的角度坦率地抒发感想。所以，为了让大家更理解我们的看法，在此先介绍一下我们三人的大致经历。

我出生于一九八一年，至今单身，没有婚史。我的老家是人称“小江户”的埼玉县川越市。父亲是公司职员，母亲是家庭主妇。比我小两岁的弟弟早已成家，和父母住在一起。初中到大学，我上的都是东京都[1]内的私立学校。二十一世纪初，我踏入社会时，恰好赶上就业冰河期[2]的尾巴，没能进入心仪的出版社，好不容易才在从小就知道的朝日新闻社找到一份工作。父母虽然担心懒散的女儿能否在外地独自生活，还是尊重我的选择，让我离开了家。

入职后的头三年，我都在奈良县度过。事实证明，当初对在外地生活的担忧真是过虑了，我很快就迷上了记者这份职业。刚开始工作时，我总是一大早就往警察局或警察家里跑，白天采访县内的新鲜话题，写成稿件；晚上跟采访对象、报社同事喝酒，每天都是过了午夜十二点才到家。通宵做案头工作，跟主任、前辈唱卡拉 OK 到天亮，也是常有的事，我甚至在奈良公园的长椅上和鹿一起打过盹。

后来我被调去了高松总局，二十八岁那年又被调到负责排版的编辑岗。之后，抱着“想做回记者”的念头，我离开朝日新闻，跳槽去了共同通信社，成了东京总社社会

---

① “东京都”与“东京”为不同概念，包括东京 23 区、多摩地域与岛屿部这三个部分。

② 指 2000 年前后，日本泡沫经济破灭后人们就业困难的时期。

部的一员。

二〇一一年东日本大地震发生后，岩手县受到海啸的严重影响，我被调到了岩手县盛冈分局采访灾害影响。在那儿的两年里，我直面人生问题与生死大事，收获了一段难能可贵的经历。

二〇一三年春天，我调入东京总社生活报道部。生活报道部的主要采访对象是厚生劳动省与内阁府的一些部门。厚生劳动省主管“社会保障”（包括医疗、照护、养老金、育儿等）和“劳动保障”（包括工作方式改革、非正式雇佣等）两大板块的事务，涵盖了“从摇篮到坟墓”的方方面面。在厚生劳动省的记者俱乐部，常常可以看到各大报社与通讯社围绕霞关①和永田町②展开激烈的采访大战。二〇一三至二〇一四年，我负责采访内阁府少子化对策担当大臣，对未婚化与晚婚化问题的兴趣也由此开始，因为二者正是导致少子化的主要原因。

二〇二〇年二月，大地震十周年的前夕，我远赴仙台分社，再次深度采访灾区。那是我第四次经历充满乐趣

① 日本政府机关聚集地。

② 日本首相官邸与国会议事堂的所在地。

的外地生活，每天都和平成时代[①]出生的年轻记者一起工作，令我颇受启发。

我负责撰写本书第一、三、五章。我自认为恋爱经验跟周围人差不多，但要说自己的婚恋观就是“标准”的，却没什么信心。坦白地说，我甚至不知“怎么样才算标准”。但通过这一系列深度采写，我结识了很多人。听他们讲述自己的故事，极大地拓宽了我的视野。

尾原前辈出生于一九六二年，一九八六年入职。那一年，《男女雇用机会均等法》正式生效，她称得上是“成长在均等法下的第一代”。我们初识之际，她是生活报道部的主任，主要负责每周更新的生活类阅读栏目“生活之眼”。她不仅要审读记者的稿件，还亲自跑采访、写稿子，更率先关注到“歧视孕妇”“性少数群体”等话题，对少子老龄化问题也有着独到的见解，是部门的首席专家。本书第二章由她撰写，主题是她关注已久的“老年人婚恋问题”。

---

① 日本有以天皇年号来划分时代的纪年方式，平成时代（1989 年—2019 年）对应明仁天皇年号，前承昭和时代（1926 年—1989 年），后启令和时代（2019 年至目前）。

井上记者比我小一岁，也在外地工作过，二〇一四年开始负责厚生劳动省养老金、劳动保障议题的采访。她性格坦率开朗，活力十足，休息日喜欢攀岩登山。因为年龄相仿，我们成了好拍档，经常交流工作和生活中遇到的问题。她长期关注未婚社会议题，擅长从“年轻人的婚恋”“生育”等角度展开探讨。她撰写了本书的第四章“盼望成为母亲”。早在连载期间，这方面的报道就收获了巨大反响。

在本书中，各位读者将看到各种各样的人生与形形色色的价值观。其中并不存在绝对的正确路线，我们每一个人都可以用自己的方式追求幸福。

这就是我通过采访总结出来的“答案”。

希望本书可以清晰地勾勒出未婚社会的现状，帮助大家打破世代与立场的隔阂，认可彼此对幸福的定义。

筋野茜

第一章

“结婚”有多难？

筋野茜

何为“寺院联谊”？

“街区联谊”“高尔夫联谊”“御宅族联谊”……形形色色的婚活遍地开花，十分热闹。

聚焦未婚社会的连载专栏“婚难之中”即将启动之际，为了找到正在参加婚活的单身男女进行采访，我想到了一年前做另一个专栏时采写过的“寺院联谊”。所谓“寺院联谊”，就是由僧侣主持的相亲活动。日本人往往把“寺院”和“葬礼”“法事”联系在一起，但如今的寺院却成为渴望婚姻的单身男女蜂拥而至的地方。当时我从一位女性朋友那里听说了“寺院联谊”，不禁心生好奇，决定做一篇报道。

我联系上了东京都内的一座寺院。负责人告诉我，参加寺院联谊的人平均年龄为三十四岁，男性与女性的比例为三比五。活动刚开始时，会场的气氛庄严肃穆，大家在住持的带领下诵读《般若心经》，“色即是空，空即是色……”我听得忐忑，心想：待会儿还聊得起来吗？好在住持是讲经布道的专家，很快以巧妙的话语活跃了会场气氛，让来宾迅速打成一片。

我采访了几位女士，问她们为什么参加寺院联谊。一位办公室文员（三十九岁）表示：“身边的人基本已婚，平时又没有认识异性的机会，实在无路可走了。我觉得寺里的师父肯定比较热心，就报了名。”还有一位派遣员工（三十七岁）表达了这样的期许：“朋友在网上相亲碰到了骗子，让我有点害怕。来寺院相亲的人应该比较正派。”

寺院联谊人气高涨的原因有两个，一是人们比较信任寺院，二是参与门槛低，报名费只需几千日元。此外，我发现许多人都参加过一对一相亲、线上相亲与相亲派对。也许是因为一部分三十至五十岁的人厌倦了根据长相、年龄和收入来挑选对象，而寺院联谊正好符合他们的诉求。在住持讲述关于缘分的佛法时，有的女士甚至眼含热泪，似乎是想起了过往经历。那次采访让我意识到，寺院联谊不同于寻常的相亲活动，参加者对待婚姻的态度都要更诚恳些。

我立即联系了滨松市龙云寺的木宫行志住持，他也是寺院联谊主办方“吉缘会”的秘书长。木宫住持曾为正在物色伴侣的朋友出谋划策，从而产生了举办寺院联谊的想法。二〇一〇年，他与静冈县的寺院合作，将想法付诸实践。如今，寺院联谊已经推广到日本各地。木宫住持希望在人与寺院的关系愈发淡漠的当下，通过举办相亲活动广结善缘，加强与年轻一代的联结。

木宫住持很快便答应帮我联系寺院联谊的参加者，询问是否有人愿意接受采访。受访者可以匿名，但我们的问题难免涉及隐私，比如年龄、收入、学历和恋爱经历。会有人愿意面对记者的刨根问底吗？

我本以为，能有一两个人回应就很不错了。然而，结果大大超出我的预期。一连多日，表示愿意接受采访的邮件纷至沓来，共有四十多封。发件人几乎都是女性。

我在邮件的字里行间读出了殷切的期盼。“我找过婚介机构，可一直没遇到合适的人”“父母身体不好，我想早点定下来”……甚至有一位四十岁的女士半夜用手机写了一封近万字的邮件，标题是“我的婚活为什么处处碰壁”。我没想到她们愿意对一个素未谋面的人如此袒露心迹，不禁感到惊讶。“没人理解我，太难受了”“无法跟任何人商量”“周围的人都已结婚”……她们的话让我意识到，有些事可能不方便告诉亲朋好友，对记者倾诉反而没有心理负担。我就此生出希望，正式开始了采访。

接下来，就分享几则采访中给我留下深刻印象的事例。

想当家庭主妇

爱子（化名）居住在首都圈，习惯化淡妆，穿浅色系衣服，气质优雅。我们相识的时候，她刚满四十岁。每次见面，她都会面带着微笑跟我分享近况。“很有教养”是她给我的第一印象。

我之所以想把她的故事写出来，是因为她与我分享了自己的家庭背景，而它与一个人的婚姻观密不可分。

*

二〇一七年二月，爱子参加了吉缘会在东京都中央区举办的寺院联谊。当天有一百六十名男女到场，他们大多四十来岁。联谊会开始后，参加者拿着写有职业、兴趣爱好等信息的卡片做自我介绍，时间一到就轮换座位。每一轮的交流时间只有五分钟。

“四十多岁的男人果然比较显老……”

“没有让人眼前一亮的……”

与男士一对一交流的过程中，爱子的心渐渐沉了下去。令人心跳加快的恋爱与两情相悦的婚姻，似乎离她越发遥远了。

过去十年，她一直在某家中型公司担任总裁秘书。头衔看似光鲜，但她其实是派遣员工[①]，年薪还不到三百万日元[②]。刚入职的时候，公司提过转正的事，后来却因整体业绩不佳而被无限期搁置。

“做这份工作只是为了糊口。我年轻时设想的生活完全不是这样。”

爱子上小学时很喜欢看电视剧《空中小姐》。自那时起，当空姐就成了她的梦想。为了替将来打好基础，她大学选了英语专业，毕业后虽然换过好几份工作，但一直在

① 指与劳务派遣单位而非用人企业签订合同的员工。

② 100 日元通常折合 5 到 6 元人民币。日本平均年收入约为 400 万日元，因此 300 万较低。

坚持报考航空公司。可是航空公司招人有年龄限制，她不得不在三十岁时哭着死心。她那一代人正好遭遇了泡沫经济破灭后的就业冰河期，工作机会寥寥无几。要是没当上正式员工，就再也没有翻身之日。处于这样一个等级森严的“格差”社会，爱子只能在夹缝中勉强维生。

事实上，爱子并非一心追求事业，成为家庭主妇才是她最想做的事。

“我没有能力兼顾事业和家庭，所以更想专心为家人烹制美味的饭菜，做他们坚实的后盾。”

她还认为母亲最好留在家里，多陪伴孩子。

爱子是家中长女，父亲是公司职员，母亲是家庭主妇。母亲对子女的教育十分严格，又做得一手好菜。在爱子眼里，父母是模范夫妻，她从小就常见父亲开心地享用母亲精心烹制的菜肴、赞不绝口的画面。所以，虽然现在独自生活，她却从来不吃冷冻食品和超市熟食，而是坚持亲自下厨。

父亲在她眼中是善良、幽默、可靠的代名词。爱子心底一直有个念头——“要找爸爸那样的老公。”然而二〇一一年三月十一日，东日本大地震引发了史无前例的大海啸，夺走了爱子视作模范的男人。

当天下午两点四十六分，在东京上班的爱子感受到剧烈的摇晃。而爱子的父亲（时年六十二岁）当时恰好趁着出差回了宫城县海边的老家。

爱子在公司的电视上看到了海啸吞噬小镇的可怕画面。她虽然有些担心，却觉得父亲肯定去了避难所。但三天过去，五天过去……一个星期过去了，她仍然联系不上父亲，这时不祥的预感开始爬上心头。两个星期后，爱子在停尸房见到了父亲。人们在废墟中找到了他的遗体。

爱子的结婚意愿一直很强烈。她为自己勾勒的美好未来是，三十岁之前辞职结婚，正式出嫁前对父母行大礼、感谢他们多年的养育之恩。父亲生前时常半开玩笑地对她说："你可得赶紧结婚啊！"但爱子更希望顺其自然找到缘分，没有刻意相过亲。

"我没能在爸爸活着的时候结婚，也没让他抱上孙子……爸爸，对不起……"

面对父亲的遗体，爱子自责不已。她看着父亲十多年前在白色情人节送她的项链，泪如泉涌。"要是早点参加婚活就好了。”

两年后，爱子才慢慢从伤恸中恢复，正式加入婚活大军。

然而，这时爱子已年近四十，重重壁垒挡在了她的面前。她不是正式员工，收入微薄，积蓄也不多，参加一次相亲活动的成本却高达数千日元，因此她能够参加的次数十分有限。哪怕她愿意参加，也时常被“三十五岁以下”“三十九岁以下”的年龄条件拒之门外。她感到婚活市场的男性很介意女性的年龄，后续的生育问题也许是他们的顾虑所在。

她希望未来伴侣的年薪至少有五百万日元，这样自己才当得了家庭主妇。然而，通过相亲认识的男性往往达不到这个条件。

爱子感到困惑。“在低收入社会想当家庭主妇，莫非是一种奢望？”

*

关于爱子的报道登上了本地报纸，反响热烈。

一位四十多岁、家住青森县的男读者发来感想，说：“跟我的经历一模一样。”他也想像父母那样组建温馨的家庭，却迟迟遇不到合适的对象，这令他产生了深重的负罪感。“做儿子的，就该趁父母在世时成家”——他的字里行间透着一股悲壮。还有人把报道的照片发到推特上，配文“把我给看哭了”。

爱子对父亲的爱也触动了她父母那一辈的读者。一位年过古稀的男读者通过传真发来祝福，表示“希望她找到理想的人生伴侣”。但也有已婚女性发邮件来批评爱子，说她“要求太高”，劝她将就。尽管我对此早有预料，可看到她们说得那样斩钉截铁，还是非常无奈。这样自以为是地将自己的观点强加于人，难道不会让未婚人士彻底寒心吗？

一年后，我再次见到爱子，了解了她近来的经历。

条件是“年薪五百万以上”“合眼缘”

二〇一七年夏天，爱子工作了十多年的中型公司通知她，不会再和她续约，原因是一名休育儿假的正式员工要复工了。她只能一边上班，一边寻找下家，却没什么感兴趣的岗位。她试着投了几次简历，却也得不到面试的机会，甚至不知道自己为什么被刷下来。几番折腾后，她的心情十分沮丧。

同年九月，她在朋友的建议下找到一家婚介机构，支付了十万日元会费。她期待自己能尽快定下婚事，成为家庭主妇，不必再找工作。

爱子开出的条件是：①年纪相仿；②年薪五百万以

上；③爱好相近；④长相合眼缘。她向六十名男会员发出了交往申请，却只跟其中一人走到了面对面相亲的阶段。条件较好的男会员都想找二三十岁的女性，主动向她发出申请的男性都年纪偏大、收入偏低。

“说不定有缘分呢。”抱着这样的心态，她在酒店的茶吧见了其中几位，却话不投机，全程痛苦不堪。环顾四周，只见不少二三十岁的男女也在相亲，似乎相谈甚欢。

“我到底在干什么……”爱子十分失落，注销了婚介机构的会员。

二〇一八年，她总算在东京的一家小型公司找到工作，挣扎十七年后，终于当上了正式员工。新工作会用到她擅长的英语，但大部分时间还是在处理文书和数据。她其实觉得这样的工作没什么价值，每天都想辞职。但她毕竟摆脱了随时可能被解雇的不稳定状态，心里还是感到宽慰不少。

对爱子而言，婚姻是安心与幸福的象征。她虽不再参加相亲活动，却也没有独自过一辈子的打算。她决定不轻易妥协，继续努力在日常生活中寻觅让她感到心动与爱的伴侣。

*

后来，因为工作任务越来越重，令她几乎没有余力找对象，爱子便离开了那家小型公司。她又换了份非正式员工的工作，并利用业余时间考资格证书。

采访期间，爱子说过的一句话给我留下了深刻印象——“找对象和找工作挺像的”。言外之意是，“选不选你由对方决定，事情未必会按自己的意愿发展”。我对此颇有共鸣，因为我也是就业冰河期的亲历者，那种本以为有希望，最终却遭到拒绝的滋味非常难受。要是这种事多次发生且持续多年，的确会给当事人带去无尽的痛苦。但本来不抱希望，却意外成功的情况也可能存在。衷心希望爱子收获她想要的幸福。

半年学费三十万的可疑培训班

与女性相比，愿意接受采访的男性寥寥无几。

我在吉缘会的相亲会场与男士搭话时，他们甚至不愿与我进行眼神交流，张口就是“不用了”“不想让人知道我在相亲”。我发觉，相亲的女性往往有几个“战友”，可以互相倾诉烦恼，分享最新信息。而男性相亲大多“偷偷摸摸”，瞒着同事和朋友。

就在这时，一位男士告诉我，为了自我提升，他支付了三十万日元的学费，报了一个为期半年的婚活培训班。

培训班的男讲师负责传授恋爱诀窍（比如“如何抓住女人的心”），后期还有实践环节：让学员去百货商店或购物中心，找几十名女店员搭话，美其名曰“练习与异性沟通”，其实就是“通过搭讪锻炼胆量”。

我咨询了一位在商场女装部工作的女性朋友，是否真有男顾客找她们搭讪，她给出了肯定的答案，还说多的时候每个月甚至有十来个。他们不买东西，只为搭讪而来。

朋友无奈地说：“他们一上来就说‘你真漂亮’‘跟我约会好不好？’，还挺吓人的。但毕竟是顾客，又不能赶他们走，只能苦笑着应付过去。这样搭讪就是自欺欺人，怎么可能找到女朋友。”

说回上面那位男士。他认认真真上了每一堂课，然而课程临近结束时，讲师打起了广告，说“再付三十万日元就能得到女性专家的指点，学到更为实用的恋爱技巧”。他起了疑心，觉得自己的钱打了水漂。而他那个班里真有人又付了三十万。

采访过程中，我得知一些所谓的婚活培训班专门瞄准对婚姻抱有很高期待、不惜一切代价寻找完美伴侣的人。后来，我向另一家婚活机构提起那位男士报的培训班，他们立刻表示那几乎等同于诈骗，很多人都心知肚明。此类培训班会在课程结束前把讲师的熟人介绍给学员，宣称“有机会跟赛车宝贝约会”“AV 演员教你怎么吸引女人”，好让学员再额外支付三十至五十万的学费。

这样的“培训班”显然不可靠，然而总有急于求成的学员忍不住报名。一些人甚至幻想能和讲师介绍的女性走到一起。而且，许多男性没把自己参加婚活的事告诉周围的人，所以遭遇骗局也没人劝阻。

还有一家机构一边办婚活培训班，号称学员能收获“专家”的指导与建议；一边在网上开“婚活咨询师”的培训班，宣称“每月只需要工作几天就能赚到 × 百万”“新手也不怕，只需照着员工手册念”。俨然把婚活当成了摇钱树。

面向女性的婚活培训班则倾向于营销“玄学”元素。我在采访过程中结识了自由撰稿人桃子（四十一岁，化名），她报过许多昂贵的培训班，收费在三万至十万日元不等。她眼神热切地告诉我，“我觉得不提升自己的内在和外在，就不可能结识高水平的异性”。她贴身戴着一条标价八万日元的粉色“能量石手链”，只有培训班学员才能购买，据说能帮助佩戴者识别与自己“气场相合”的异性。

桃子还参加过由占卜师主讲的培训班。这位占卜师有“透视前世”的本领，能帮学员分析相亲不顺的原因。会场位于东京都内，当天有一百位女会员慕名而来，气氛十分热烈。我问：“占卜师给所有人都算了命？”桃子告诉我，只选了十来个人作“代表”，但大家都被“大师”精准的分析震撼，连连惊叹“太准了！”“竟然连这种事都能算出来！”。其他人如果想请“大师”指点，需要额外支付数万日元，“大师”会通过邮件为她们解读命运。

据说，桃子的前世是“设计师”。她喜滋滋地告诉我，“大师”给出的建议是，“你这一世太介意常识和世人的看法，无法展现自己真正的魅力，如果能像前世那样彰显个性与自我，就会遇到完全接纳你、对你体贴呵护的有钱人”。我无法理解前世与婚姻的关联，但从这个例子确实能看出，病急乱投医的女性朋友何其多。

为寻觅理想伴侣“东漂”十年

第三位要介绍的女性朋友名叫志保（四十岁，化名），老家在九州，为寻觅理想伴侣远赴东京，截至采访时，她已经做了整整十年的“东漂”。她留着乌黑的长发，脸上总是带着和煦的微笑，对吸引异性的小窍门颇有研究。志保行动力很强，有一次我告诉她最近流行某种相亲活动，她第二个月就去尝试了。这样一个看似“好嫁”的人为何会在婚活这条路上挣扎十年？我想探究其中的原因，便提出了采访的请求。

大学毕业后，志保进入了九州本地的一家建筑公司。二十四岁那年，当时的男友因为她走路走在了自己前面而勃然大怒。志保据理力争，他却骂道："一个娘们意见还挺多！"志保一气之下就分了手。

"我想在三十岁之前结婚。去东京也许能认识更多优质异性。"二十九岁时，志保抱着这样的想法移居东京。她打算尽快结婚，便以派遣员工的身份进了一家金融机构，没想到却被工作与大城市的生活耗尽了精力，毫无余力结识异性。两年后，公司没有跟她续约。

接下来，志保进入职校学习会计课程，但因为二〇〇八年金融危机的冲击，她还是无法找到长期稳定的工作。每次去中小企业面试，面试官都会直截了当地问她有没有结婚计划，还表示"要是你一进来就休产假，我们就难办了"。这令她深切感受到了女性在换工作时深陷的困境。

二〇一〇年，她找到了工作，依然是非正式员工，只能在东京住着月租五万日元的廉价公寓，勉强度日。

三十岁后，志保正式加入婚活大军。可是她参加的相亲活动收效甚微，一次要见三十多个人，连名字和长相都记不清楚。她也跟父母、亲戚介绍的人相过五次亲，却始终没有心动的感觉。再后来，连亲戚都不再给她介绍了，因为"男方父母想找更年轻的姑娘"。

志保曾在寺院联谊会上认识一个同龄人，和他一起开车兜过风。对方住在外县，寡言少语，但工作稳定、性格谦和。志保感到自己渐渐被其吸引。

正式约会之前，他们每天都会互发信息，可约了一次会之后，对方再也没有回复过她。志保百思不得其解，以为是自己做错了什么，惹人家不高兴了。最终，她鼓起勇气发了一条信息，请对方如实相告。过了好一阵，对方才回复信息，正式拒绝了她，“我决定和寺院联谊会上认识的另一个女生交往了”。绕了一圈，她又回到原点。

“没想到结婚这么难。”志保露出心酸的苦笑。

移居港口小镇寻觅人生伴侣，然而……

志保之所以急于结婚，是担心生育的年龄限制。

二〇一六年，她查出了子宫肌瘤，在一家大型医院的妇产科做了手术。那段时间，她亲眼看见许多夫妇到医院治疗不孕不育。她还参加了面向女性的保健讲座，了解到生育风险与年龄之间的关系，越发感到焦急，认为自己得尽快把孩子生了。她七十岁的母亲独自居住在九州，曾这样提议："不结婚就回来跟妈一起住吧。妈有养老金，总有办法过日子的。"

"妈妈肯定也很担心我。可我不想太依赖她。"

各方面的压力堆积，让志保喘不过气来。

一眨眼，她已经十多年没交过男友了。请朋友和同事帮忙介绍，却被评价“你大概太挑了”。可她自认为不算挑剔，只是比较在意各种细节，比如对方抽不抽烟、酗不酗酒，身材和礼仪如何。“我希望得到家人的祝福，所以想找个正正经经的人。”她也向心仪之人表白过，但没有成功。男同事曾说“你看着就像能独自过日子的人”，于是志保三十五六岁时开始尝试改变形象，换了更显温柔的发型和穿衣风格。

她一直都在琢磨“怎样才能被心仪之人选中”，为步入婚姻不懈努力。

二〇一七年三月底，公司不再与她续约。一位熟人得知后，为她介绍了一份新工作，但需要双休日上班，工作日休息。她担心无法参加双休日举办的相亲活动，犹豫许久还是婉拒了。回过神来，她发现自己已经在东京漂泊了整整十年。

后来，志保做了一个惊人的决定。

为寻觅人生伴侣，她搬去了日本西部的一座港口小镇。从东京出发，要先坐飞机，再换电车，颠簸四个小时才能抵达。

志保觉得小地方也许会有热心人帮忙介绍对象，于是下决心报考了人生地不熟的小镇的政府特聘职员。二〇一七年秋天，她来到了那片陌生的土地。

然而，她的期望落了空。

志保的同龄人大多已在二十多岁结婚生子，同事几乎都是已婚人士。她认识了一些务农的男人，但对方收入都不太稳定。当地人惯用“媳妇”“婆婆”“长子”这些带有陈旧观念的词语，也让她不太舒服，毕竟在东京没有这种说法。

为了多给自己制造机会，志保也在线上平台积极探索，认识了一个住在外县、比她小两岁的男人。他们一度发展到了每天联系的程度，还在圣诞夜成功约会。

然而元旦一过，志保突然收到他的信息，说：“我有点介意你的年龄，毕竟我是想要孩子的。”志保试图说服他，表示“只要积极治疗，四十多岁生孩子的也大有人在”，但对方还是无法接受。

“之前明明相处得挺好……我实在不懂男人的心思。”志保叹息。

政府特聘职员签的是定期合同，月薪到手只有十五万日元左右，志保的生活并不宽裕。连续加班或出差也是常事，她因此累病了好几次。志保坦诚地告诉上司，如果结不了婚，她不打算继续在这里住下去。

志保并不后悔离开大城市。东京的竞争对手太多，她也没能和心仪的异性走到一起。关于邂逅、婚姻、生育的信息铺天盖地，几乎将她淹没，让她无比焦虑。小镇生活少了些刺激，但至少可以静下心来过日子。

我也在外地城市工作过一段时间，刚回东京时，同样被风头正劲的“婚活热”深深震撼了。热衷于参加婚活的人（尤其是女性）拥有惊人的情报网，知道“×× 婚介机构有很多高收入的会员”“参加 ×× 区域联谊的人层次比较高”。采访过程中，我发现许多人在与周边人的比较中迷失了自我，甚至对婚活产生厌倦，没有动力再采取行动。还有人好不容易找到了男友，却仍然不断地参加相亲派对，希望有更好的选择……为了过上幸福的生活，她们将大量的时间和金钱投入婚活，这样的结局好像是本末倒置了，令人唏嘘。

志保并不打算回东京，而是考虑搬去人口更多的外地城市。

“我还是无法放弃婚姻。”

*

我去那座港口小镇见过志保一面。自从移居东京，婚活一直是她生活的一部分。搬到外地后，她也坚持参加相亲派对，但我觉得她的表情已经不像在东京时那样紧绷了。

见面之前，我其实很担心她能否适应陌生的环境。所以碰面后我告诉她，“看到你这么精神我就放心了”。

但最终，志保没能在外地城市找到工作，只好回东京就业。受新冠疫情影响，公司发不出奖金，使得她没有勇气参加高成本的相亲活动。不过，她的心态依然积极，没有放弃婚活。

举办过多场寺院联谊的吉缘会也受到疫情冲击，二〇二〇年二月后停办了线下活动。

木宫住持认为大环境越困难，就越有他的用武之地。他推出了面向会员的线上佛法讲座，为人排忧解难，有烦恼的会员可以发邮件来咨询。反响热烈得出乎意料，他收到了一百多封邮件，内容不仅限于婚恋问题，也关乎人生的其他烦恼，比如“因为疫情没了收入”“失去了活下去的力气”。木宫住持表示：“许多人的生活因疫情发生了天翻地覆的变化，没有余力考虑婚事了。寺院希望能在这时挺身而出，向那些一筹莫展的人伸出援手。”

四分之一的男性“终身未婚”

许多读者可能了解过“终身未婚率”这个概念，它指“五十岁前从未结过婚的男女在人口中的占比”。厚生劳动省国立社会保障与人口问题研究所的调查结果显示，二〇一五年日本的终身未婚率是男性 23.37%，女性 14.06%。换言之，近四分之一的男性和七分之一的女性与婚姻无缘。[①] 如今日本政府部门已不再使用“终身未婚率”一词，因为“终身未婚”会给人以“五十岁后也一直未婚”的印象，产生误导。但为了便于叙述，本书将沿用这一术语。

---

① 日本 2020 年进行的最新人口普查结果显示，终身未婚率仍在上升，男性达到了 25.7%，女性达到了 16.4%，相当于四分之一的男性与六分之一的女性五十岁前未婚。

终身未婚率基于全日本人口普查数据计算得出，每五年公布一次（二〇一〇年之前是每十年公布一次），自一九七〇年以来不断上升（当时男性为1.7%，女性为3.33%）（详见图1）。其中，冲绳县男性终身未婚率最高，达26.2%。女性则是东京最高，为19.2%。

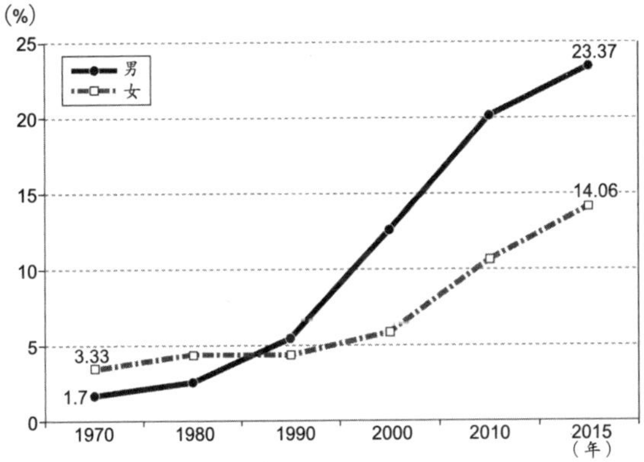

图1 节节攀升的终身未婚率

本图根据日本总务省统计局《人口普查报告》、国立社会保障与人口问题研究所数据制成

终身未婚率的上升是多种因素综合作用的结果。

二〇一八年，内阁府针对未婚人群进行了一项问卷调查，深入了解受访者的处境。该调查通过网络实施，受访者均属于“有结婚意愿但尚未结婚”的人群，总数约四千人，年龄在二十到四十九岁之间，男女皆有。

问卷中有一道多选题，问“什么样的情况下你会考虑结婚”。勾选“手头宽裕”的受访者最多，达42.4%。这也从侧面证明，非正式员工的占比高达四成、越来越多的人收入不稳定是导致“婚难”的一大因素。

另外，36.1%的受访者选了“有机会认识异性”，30.6%选了“心态从容”，30.5%选了“遇到符合条件的对象”，28.4%选了“感觉到结婚的必要性”。

调查还发现，多达46.8%的受访者有意愿结婚，却遇不到合适的对象。而其中约60%的人没有为寻觅伴侣采取过任何行动。只有18.8%的受访者“曾请亲朋好友介绍”，12.2%的受访者“努力改变自己的外貌形象”。可见态度被动、未做任何努力的人占了绝大多数。

顺便一提，无论在哪个年龄段，不作为的男性都远多于女性。在接受共同社采访时，一位内阁府官员也表示“许多人没有机会结识异性，无法积极采取行动”，间接承认了在恋爱方面态度消极的食草男[①]的存在。

---

① 日本流行文化语，又称草食系男子，指像食草动物一般温和、在感情关系和人际交往上较为被动的男性。

谨防性骚扰

值得关注的是，“请同事或上司介绍过对象”的受访者只有 4.7%。

通过工作相识相恋，一直以来都是通往婚姻的重要途径。在以前，两个人由上司和业务伙伴牵线搭桥、最终走到一起的情况十分常见。然而近年来，人们的价值观日趋多元，上司给单身下属介绍对象有被定性为性骚扰之虞，所以越来越多的企业不建议员工这么做。

我也围绕所谓的“婚活骚扰”（即上司打探单身下属的情感生活）进行过采访。一些人或许会感到诧异：“这也算骚扰吗？”事实上，如今这已是个非常敏感的问题，需要小心谨慎对待。

“婚活骚扰”的源头可以追溯到二〇一六年。当时日本政府为遏制少子化趋势，有意建立一套奖励制度，鼓励那些大力支持员工结婚生子的企业，还创立“婚恋导师”制度，鼓励已婚上司帮助单身下属走进婚姻。消息一出，网上一片哗然，有人说这是“国家把价值观强加于人”，有人说这是“政府层面的性骚扰”，最终迫使日本政府取消这一计划。

最终，内阁府在二〇一六年十二月发布了面向企业、组织和地方政府的建议，其中并没有提到奖励制度与“婚恋导师”制度，只说“不能将特定的价值观强加于人”，强调要“尊重个人意愿、注意价值观的多样性”。内阁府的一名高级官员如此透露：“比起建议的内容，不让网民批评我们性骚扰更重要。”

最开始听说日本政府有意创立“婚恋导师”制度时，我也无比惊愕。

日本政府希望由企业指定管理人员担任婚恋导师。问题是，有多少员工会向职位比自己高的人敞开心扉，探讨个人生活？而且管理人员的言论稍有不当，就可能被扣上性骚扰的帽子。这样的制度显然不可能长久。

关西某家保险公司的人事经理告诉我，他有时会收到单身员工的建议，请求公司多举办一些内部活动，帮他们制造结识异性的机会。但他也指出了自己的难处，“公司很难出面组织这样的活动，因为稍不留神就会被当作性骚扰。”许多公司连帮员工牵线搭桥都瞻前顾后，又怎么可能施行“婚恋导师”制度呢？通过这场闹剧，我们也能看出，日本政府声称要大力打击各类骚扰，却对现状一无所知。

千万别说“你没有男/女朋友吗？”“你都 × 岁了”

在这样的背景下，佐贺县于二〇一七年十一月率先编撰了《婚恋通识读本》，总结了企业鼓励员工结婚生子时可参考的注意事项，还列举了一些可能被认定为性骚扰与职权骚扰的例子。

一、对方不愿多讲，却非要问“你不打算结婚吗?”“你没有男/女朋友吗?”;

二、随便批评别人“都 × 岁了还不结婚，肯定不正常”;

三、强邀对方参加相亲活动；

四、四处宣扬对方在参加相亲活动。

佐贺县政府负责人表示，“推出这份读本是为了让企业放心大胆地支持员工婚恋”。

诚然，前文提及的内阁府问卷调查中，有 37.6% 的受访者认为结识异性的理想方式是“通过职场与工作”，但“结识的方式无所谓”也紧随其后。

采访过程中，我认识了家住静冈县的花菜（三十六岁，化名）。她也叹气道：“要是公司里有过去那种热心做媒的人就好了。”虽一直在物色合适的对象，她已有五年多没交过男友。她在某汽车厂商工作，同一集团的兄弟公司有很多单身男士，可惜并没有机会认识。几年前，她下定决心，请上司帮忙介绍，结果上司一口拒绝，“这稍有不慎就成性骚扰了，我可不想惹麻烦”。不过，花菜确实不喜欢别人打探她的情感生活，或是到处宣扬她在相亲。由此可见，给下属与同事牵线确实需要把握好微妙的度，非常考验技巧。

我也琢磨过身边是否有人担得起“婚恋导师”的重任。但想来想去，每个人都有这样那样的不足：有的人人脉广，但口风不严。有的人容易说多余的话，出口伤人。能把握好度的人寥寥无几。

大城市？小地方？

终身未婚率有着很大的地域差异。总的来说，大城市所在区域的女性终身未婚率较高，男性则是日本东部较高。许多地方政府官员表示，他们也不清楚确切的原因。但我们能透过数据一窥各地的背景情况。

二〇一五年，日本平均终身未婚率为男性 23.37%，女性 14.06%。女性是东京最高（19.2%），福井最低（8.66%），相差一倍有余。男性则是冲绳最高（26.2%），奈良最低（18.24%），相差近八个百分点。

东京、北海道、大阪、福冈、京都等大城市所在的都道府县，在女性终身未婚率排行榜上均占据高位。其中，北海道以 17.22% 排名第二。一位负责制定婚恋援助政策的官员分析道："札幌市的终身未婚率很高，拉高了整体数值。"据说，北海道有许多女性因升学或就业而选择定居札幌。官员告诉我，"北海道人向来就没有太大的结婚压力。特别是在札幌，单身人士非常多，也许这就是女性不太着急的原因"。

福冈县育儿支援科的负责人则这样分析道："本县的女性终身未婚率偏高，可能与女性人口多于男性有关。"据说这是因为福冈市有许多学校，服务业也相当发达，吸引了不少九州其他地区以及邻近的山口县的女性前来。

而男性终身未婚率最高的十个区域中，有八个集中在日本东部。排名第二的岩手县（26.16%）于二〇一五年在县内各地开设了"婚恋援助中心"。在县首府盛冈市，前往该中心登记的男女人数大致相同，但在农业和渔业较为发达的山区和沿海地区，男性占比更高。县政府官员表示："这说明从事第一产业的男性缺少结识异性的机会。"

在盛冈分局工作时，我每次去岩手县的渔村或农村采访，都会有老年女性问我多大年纪、结没结婚。当地单身男性特别多，男性结婚难、家业后继无人是日本东北地区由来已久的问题。二十世纪八十年代以来，许多人家娶了来自菲律宾和中国的女性作为“长媳”。东日本大地震和福岛核电站事故发生后，不少外国媳妇带着孩子逃回了她们的祖国。那些老年女性的儿子不是长年单身，就是老婆孩子离开了日本，所以她们想物色媳妇给家里传宗接代。我问她们的儿子年纪多大，得到的回答基本都是“五十岁以上”。这也侧面反映出日本人口稀少地区的窘境——因为少子老龄化，这些地区的第一产业正在迅速萎缩。

我在岩手县还有一段难能可贵的经历。

大地震发生半年后，我采访了一位五十多岁的灾区男性居民。他在逃往高地的途中，眼睁睁看着妻子被海啸卷走。接受采访时，他颇为平静地讲述了与妻子相识相知的经过，以及他们婚后的生活。但临别时，他喊住了我，诚恳地说：“请别怪我多管闲事。如果你遇到了喜欢的人，就和他在一起吧。虽然总有一天是要分开的，但我觉得夫妻之间的爱情与亲情是无价之宝。”

有各种各样的人跟我讲过结婚的好处，可我总觉得他们的说法有些强加于人，总是不为所动。而眼前这个人虽然因为突然失去挚爱而无比痛苦，却依然庆幸自己当年结了婚，他的神情因此深深烙印在了我的脑海中。

年轻女性倾向于聚集在生活便利、娱乐活动丰富的大城市，而男性比女性更有可能从事第一产业或继承家业，大多留在本地生活。这或许是导致终身未婚率产生地域差异的原因之一。

不过，在一些地区，不论男女，终身未婚率都较低。福井县素有“婚恋先进县”的称号，女性终身未婚率为全日本最低，男性终身未婚率也排在倒数第三。一位县政府官员表示：“在福井县，三代同堂或住得很近的情况比较普遍，年轻夫妇往往是双职工，有助于为生活打下坚实的经济基础，可能正因如此，大家结婚的意愿比较高。”

滋贺县则是男女终身未婚率都位居倒数第二。相关负责人告诉我，“滋贺尤其受正在养育孩子的家庭欢迎，因为从这里去京都、大阪和神户上班都相当方便，自然环境也很好。也许久而久之就拉低了终身未婚率”。

另一方面，冲绳县男性的终身未婚率全日本最高，女性则位列第五。主管这一领域的官员颇感困惑。“确实有数据显示冲绳的非正式员工比例偏高，但我们也无法断言终身未婚率居高不下的原因是什么。”

两天一夜的相亲移居旅行团

大城市蓬勃发展，日新月异；小地方却是人口不断减少，日渐衰败。

在这样的背景下，日本各地政府纷纷采取行动，为平时并无机会相识的城乡男女组织婚活。我听说某地政府策划了为期两天的“相亲移居旅行团”活动，参团者不仅能遍览当地的旅游景点，享受无微不至的服务，还有专家提供高水平的恋爱指南。于是我也去体验了一番。而这两天的体验，让我得以窥探到为寻觅心仪伴侣孤注一掷的单身男女的心声。

*

二〇一七年三月，新潟县十日町市仍是一派银装素裹的景象。

一大早，家住周边城镇、年龄都在二十六至四十二岁之间的十四位单身男士齐聚会议室。两天一夜的相亲活动即将拉开帷幕。而他们的任务，是在来自首都圈的女性参团者抵达之前听一场讲座，学习“如何才能被女生选中”。

“别怕丢人！别怕被嘲笑！”

四十三岁的主讲人高桥宗介讲得眉飞色舞、手舞足蹈。这位“婚恋大师”对心理学及相关学科颇有研究，在日本各地举办过婚恋领域的讲座与培训班。他还开办了一所名为“婚恋学院”的培训学校，同时也是视频网站的热门博主。

在蓬勃发展的婚活行业，有许多高桥老师这样个性鲜明的人。他给出了不少颇为实用的建议。

“女人不喜欢只会自吹自擂，不懂得察言观色的男人。”

“听对方倾诉的时候，记得跟着说几句‘这样啊’‘我懂’，表现出共情。”

"做好护花使者。"

……

在讲座的最后，高桥老师如此总结道："在过去，很多女人是为了生存不得不结婚，但现在，女人完全可以独自活下去。所以她们想找的，是能为自己带来更多幸福快乐的人。"

台下的参团者连连点头。听完一个多小时的讲座后，每个人脸上都多了几分紧张与严肃。这时，十三位女性参团者也乘坐专车抵达，与他们相见了。

相亲移居旅行团项目于二〇一六年正式启动，旨在以女方搬来新潟县为前提，为新潟县的男性与首都圈的女性牵线搭桥。项目由县政府和有意参与的下级地方政府共同推进，具体的活动则外包给了第三方婚介机构。

活动的第一个环节在一家主打当地美食的餐厅进行。在这里，参团者不断轮换座位，进行一对一的自我介绍。男性参团者所在的行业大多与本地紧密相关，如农业、制造业，还有部分个体户。女性参团者的年龄在二十七到三十八岁之间，职业五花八门。主办方要求所有人使用昵称。由于人数较多，无论男女，大家都会在换人间隙偷偷做些笔记，比如“颜值 OK”“聊不起来 ×”“公务员，很 OK”……

说起新潟县的特产，人们首先想到的会是著名点心“柿种”。一位三十多岁的男性参团者在一家生产柿种的点心公司工厂工作了近二十年。我问他为什么要参加这次活动。他告诉我，柿种工厂的流水线是二十四小时运转的，员工需要三班倒，常常忙到黎明才回家。

“回过神来才发现，除了住在一起的母亲和来工厂打工的阿姨，我这十年里几乎没怎么跟异性说过话。再这么下去，我这辈子就奉献给柿种了，想想都觉得害怕。”

另一个从关东搬回老家的公司职员（三十六岁）告诉我，他近年参加过好几场本县的相亲活动。然而，由于参加人数不如大城市那么多，遇到“熟面孔”的情况越发频繁了。最近他又在相亲派对上遇到了一位曾经见过的女士，他主动打招呼说“好久不见”，结果对方生气地说：“请你不要这样！”然后，那位女士小声解释，她不想让别人知道自己参加过很多场相亲活动，否则会给人留下没人要的印象，过于尴尬。接下来，那位女士就对他视而不见了，并且继续跟其他男士搭话，开口便是“我不太参加这种活动的，所以不太习惯……”

这位男士并不知道相亲活动上有一条不成文的规矩：哪怕你见过对方，也得说“初次见面，请多关照”。他苦笑着说：“我还以为大家都是‘熟客’，可以套套近乎。可我不喜欢虚荣的女人。”

十日町市的一位官员对旅行团满怀期待。“如果只在本市办相亲活动，参加的永远是同一批人。但愿旅行团这样的活动能吸引更多外地的女性。”

当天下午，参团者乘坐大巴来到了该市的一大旅游景点——当代艺术博物馆。

有几对在车上聊得不错的男女结了伴去看展；有些男士则按照老师的建议帮女士拎起了包，只是神情略显局促；有些女士无人问津，无所事事地走来走去，而在她们的不远处，也有男士自顾自地坐下休息。

接下来还有交流会等环节，直到晚上十点，第一天的活动才宣告结束。这时，高桥老师与工作人员便聚在酒店房间，拿着参团者提交的卡片讨论起来。卡片上写着每个人的心仪对象的号码。女士的人气比较平均，男士则是公务员一骑绝尘。我在采访婚活的过程中发现，无论走到哪里，公务员都备受欢迎。

工作人员会根据卡片上的号码，结合第一天的整体情况安排第二天的大巴座次。“A 跟 B 互有好感”“C 跟 D 在馆内拍了合照”……他们一遍遍地检查座次表，生怕有任何差池。一位工作人员表示：“毕竟是可能影响人生的大事，不容有失。”

如此贴心周到的安排，都是为了提升配对成功的概率。工作人员会促膝讨论，直到深夜。

然而，座次表推敲得再仔细，也总有参团者表示不满。“为什么不把我安排到那人旁边呢！”“那人应该对我有意思的，怎么能这样！”尽管已经努力考虑周全，他们还是时常收到这样的抱怨。

连“信息该怎么发”都有人手把手指点

参团的女性于小长假的第二天出发，先坐新干线，再换乘慢车，最后坐大巴抵达目的地。一位家住东京的牙科护士（三十六岁）告诉我说：“大城市的生活过于便利，容易滋生贪欲。我厌倦了这样的日子，很向往乡下的‘慢生活’。”

她想要结婚，而不仅仅是“搬到乡下”，原因有三：

想要孩子。想让父母放心。还有——事关面子。

但她在职场上没什么机会结识异性，所以只能求助于婚介机构。

“我觉得参加这种两天一夜的旅行团，就不必用硬性条件筛人了，可以仔细观察对方的为人。而且乡下的生活成本也比较低，不必像在东京那样，找对象还要格外关注对方的收入。”她如此期待。

女性参团的费用是一万日元，往返路费、住宿费和餐费都包含在内。行程包括参观博物馆和酿酒厂，晚上则住在温泉旅馆。这样的安排是为了让大家体验当地的魅力，夜间还能欣赏到旅馆精心打造的“烛光雪景”。

不过，也有女士在游览期间几乎不和男士交流，而是一门心思用手机拍照，然后立即发到 Instagram 上。她喜滋滋地告诉我说：“我是公司职员，也做自媒体。”一位男士很是不解地嘟囔：“这是来旅游还是来相亲的啊。”

第二天中午，旅行团来到小千谷市的一家餐厅，进行最后一次自由交流。餐厅由旧时的农舍改造而成，主打当地特色食材。高桥老师把坐在原地犹豫不决的男士一个个叫出去谈话，敦促他们主动出击。

“人家也在等着你搭话呢！”

当天有十对男女配对成功，交换了联系方式。一位二十七岁的事业单位职员和同龄的女士成了一对，他感激地说：“多亏高桥老师和工作人员的建议与帮助，我们才能自然而然地拉近距离。眼看周围的人都结婚了，我也想尽快成家。”截至采访时，新潟县相亲移居旅行团已成功撮合了二十多对男女，但据我了解，也许因为距离太远，其中有几对没能发展成正式的恋爱关系。

女性参团者踏上归途之后，高桥老师将配对成功的男士召集起来，手把手辅导他们发信息。

“下一步很重要！要尽快约好再次见面的时间！”

“务必在她们坐新干线抵达东京之前发信息！”

“但第一条信息要以表达感谢为主，不要逼得太紧！”

活动结束后，参团者也会不时找老师出主意，甚至有人把回复对方的信息发给老师逐字修改。高桥老师则会给出非常实用的建议，比如“自己发的字数和表情符号的数量要跟对方差不多”。他就像学校里的老师一样，无微不至地辅导那些二十多岁到四十多岁、缺乏恋爱经验的参团者。

不过高桥老师告诉我，有些参团者来找他咨询时，已经给对方发了很多条信息追问“你为什么还不回我？”，全然不顾对方的感受。甚至有人单方面地发送每天的流水账和自己的照片。

老师斩钉截铁地说：“这种情况找我也迟了。”

三个月求婚

二〇一六财年，新潟县从内阁府发放的补助中拨出五百万日元投入“相亲移居旅行团”这一项目。然而，婚姻一事很大程度上取决于“缘分”，所以项目成效很难评估。一位县政府官员表示：“婚恋是个人选择，每个人都有自己的节奏，我们也很烦恼到底该帮到什么地步。”

据县政府记录，截至二〇一八年，只有一对男女因相亲移居旅行团成功步入婚姻。据说两人决定交往的契机正是最后的自由交流环节，他们在老师的鼓励下单独出门散步，在此过程中确定了彼此的心意。然后，他们克服了异地恋爱的困难，在相识三个月后订婚。二〇一八年七月，他们的孩子呱呱坠地，一家人在新潟县过上了幸福的生活。

在孩子快出生之际，我去新潟县看望了这对夫妇。

参加旅行团的时候，女方非常文静，是个情绪内敛的人。此刻的她看着身边的丈夫问：“当时是怎么回事来着？”两人相视而笑，十分恩爱。我感觉她比之前更开朗了，气质也更加柔和。其实就在他们结婚之前，男方的母亲因癌症住进了医院。她却二话没说，全心全意地帮忙照顾病人直到去世。丈夫感激地说：“那段日子很艰难，多亏她给了我情感支持。我母亲也很欣慰。”妻子也接替去世的婆婆，努力学起了当地的风俗习惯，比如应对红白喜事的规矩。她微笑着说：“我是为了要孩子才相亲的，现在终于得偿所愿了。”

她全身都洋溢着成为母亲的幸福。

地方政府牵头撮合了一万多对夫妻

二〇一七年，共同社针对日本政府主导的婚恋援助项目（包括为单身男女创造相识的机会、举办相亲活动）先后开展了两次调查，第一次聚焦都道府县一级的政府，第二次则深入地方基层政府。这可能是首次在全国范围内围绕政府的婚恋援助项目开展的媒体调查。汇总的调查数据显示，通过此类项目步入婚姻的人远远多于我们的预期。

首先是都道府县一级的数据。全日本四十七个都道府县共有大约六十万人参加此类项目，其中至少近八千对男女最终结婚。早在二十一世纪初，面对日趋严峻的少子化趋势，大多数都道府县就启动了应对措施。二〇一七财年，这一领域的预算达到 23.5 亿日元，是二〇一二财年

（3.4 亿日元）的七倍左右（当时有三十一个府县在推进相关项目）。政府主导的项目更令人信赖，参加费用也比民营婚介机构低，所以备受欢迎。结婚对数较高的县分布在日本各地，包括茨城、兵库、爱媛、长野和石川等，都是第一批启动婚恋援助项目的县。我们将调查数据分享给了该领域的专家，专家对因此结缘的人数之多感到惊讶，表示项目确实取得了一定的成效。

之后，我们又对全日本 1741 地的基层政府展开调查，发现有 932 地开展了相关项目，占总数的 53.5%。总参加人数达 37.6 万人次，仅是主办方记录在案的，就有六千多对男女成功牵手。多地基层政府将婚恋援助项目视为遏制少子化和年轻人口外流趋势的一个重大举措。

不过我们在调查中也发现了一些亟待解决的问题。比如，仅有半数基层政府检验过项目的成效。806 地的政府回答了“项目是否有效”这一问题，其中表示“有效”的占 14.9%，“在某种程度上有效”的占 67.2%。回答“有效”的具体理由包括“确实有人通过项目找到了人生伴侣”“对提高本地知名度、振兴本地经济有一定作用”等。而回答“效果不大”的占 14.3%，“无效”则占 3.6%，理由大多是“没有因此成婚的实例”，也有官员表示“地理条件差的地区很难吸引到来自大城市的人”。

在给出了参加人数的837地中，“参加人数在一百人以下”的占比最高，达32%，可见基层政府也为募集不到参加者苦恼，甚至有官员表示“报名的人太少，很难配对成功”。活动参加者因为其他参加者或活动内容向主办方投诉的情况也时有发生，多是称其“遭到骚扰”“交往不顺利”等。

拆散情侣的圣诞夜活动

我还想和大家分享一起发生在某山区小镇的事例。

镇政府计划在圣诞夜举办相亲派对，然而只有两男一女报名。无奈之下，他们只好把未婚的镇政府职员叫来当“托儿”。结果，不仅活动上无人配对成功，连抛下女友来凑人头的职员最后都分手了——尽管他们跟女友解释这是工作需要，可女友接受不了。相亲派对酿成了拆散情侣的糟糕后果，相关负责部门却还想在第二年圣诞夜举办类似活动。最后由于职员们强烈反对，派对才被迫提前了一周。

策划这场活动的是一位五十多岁的已婚中层官员。据说在策划阶段，他对自己的设想非常满意，觉得这是个一石二鸟的绝妙方案，因为“参加者既不至于在圣诞夜落单，又可能物色到合适的结婚对象”。

这位官员也许是有些迟钝，揣摩不到相亲者的细腻心思（正因为圣诞节是情侣欢聚的日子，相亲者才尤其不希望别人觉得自己那天落了单），也没有考虑到镇政府职员亦有私生活。这样基于官僚主义的婚恋援助项目，注定不可能取得成功。

“政府不应该用纳税人的钱搞这种项目”“政府不应该插手民众的私事”……我们总能听到诸如此类的批评声音。事实上，这类项目吸引了许多人参加，也做出了成绩，但正因如此，才更需要对其内容与结果多加检验，寻求民众的理解，而非办完了事。不过，我们也不能轻易在“结婚”“生子”和“遏制少子化趋势”之间画上等号，毕竟婚后不生育子女的大有人在。政府部门不能在努力提高结婚率的过程中，强行传递“快生孩子”的信息。

*

在第二章中，尾原佐和子记者将讲述亲历过泡沫时代的老年人的婚恋现状。他们无须为“就业不稳定”“生育期限”等问题烦恼，以惊人的热情全身心投入婚恋，与本章中充满矛盾的年轻一辈形成了鲜明对比。不过，他们依然面临着“照料配偶与父母”这一紧迫的难题。

在人均寿命即将达到一百岁的长寿时代，恋爱与婚姻又会是怎样的状况？

第二章

爱做梦的老年人

尾原佐和子

比男人努力两倍还不够?

在探讨老年人的婚恋现状之前，我想先介绍一下自己参加工作的时代背景。

我的年纪比“泡沫经济一代人”略大些，是所谓的“男女雇用机会均等法第一代”。均等法已于一九八六年生效，但我参加工作时，“女员工=为男员工准备的新娘候选人”这一观念在普通企业依然根深蒂固。拥有大学本科学历、不与父母同住的女生很难在普通企业找到合适的岗位。能做一辈子的职业只有公务员、教师或媒体人。即便有幸找到工作，许多人也会因为结婚生子、丈夫工作调动、对自身工作产生疑问等种种障碍，最终选择离开职场。

二〇一六年，《男女雇用机会均等法》生效三十周年之际，共同社针对百余家大型企业进行了一项调查，询问“入职综合职位[①]的女员工留下了多少？”。有二十八家企业给出了回复。这些企业总共招收了一千余名综合职位女员工，但其中约八百人已离职，留下的仅占总数的20%。女大学生本就就业艰难，而这项数据告诉我们，哪怕是在竞争中脱颖而出、成功入职的优秀女性，也很难在企业站稳脚跟。我周围也几乎无人留在毕业后进入的第一家单位。

调查结果并不出乎意料，但它如同一声警钟，令我们不得不正视日本社会的真实情况。

一位曾经入职综合职位的女员工接受了我们的采访，说：“在同期入职的同事里，我的工作评价原本最高，但一生孩子就落到了最后。”

她只能拼命努力，终于爬回了第一梯队。可第二个孩子出生后，一切又要从头开始。她仍然拼命工作，却搞垮了身体，筋疲力尽，最终只能选择离职。一位负责调查“均等法第一代”的女研究员回忆，有受访者这么对她说：“比男人努力两倍还不够，你必须付出三倍的努力，才能

① 日本公司的正式员工一般分为综合职位和一般职位。前者升职空间大，工作压力也较大；后者压力较小，但工资相对较低。

和他们站上同一条起跑线。”

“女人应该待在家里相夫教子”，还是“女人可以和男人一样在职场实现自我价值”？长久以来，社会都在向女性传递这两种相互矛盾的信息，令她们摇摆不定。女性自身也难以摆脱“与心爱的人组建家庭才是真正的幸福”这种观念。许多职业女性都曾因无法将全部精力投入家务和育儿而深感愧疚，甚至责怪自己对孩子爱得不够。三十多年过去了，职业女性的数量确实有所增加，但原本的社会结构似乎并未被撼动。

记者的世界是典型的“男权社会”

我一直想找一份足以支持自己独立生活的工作，所以进了共同社的子公司，隶属外国金融信息服务部门。当时共同社才刚开始正式招收女记者，与我一起入职的三十多名记者中，女记者只有两人。而近年我们新招的记者男女各占一半，有些年份反而女记者更多。

做了四年金融方面的新闻营销后，公司将我派去了伦敦。当年的日本还是全世界吹捧的“经济强国”，日企也纷纷在海外布局。许多人之所以在婚后辞职，就是为了跟着派驻海外的丈夫出国。那时泡沫经济尚未崩溃，伦敦还有不少从日本银行和证券公司派去的女员工。

企业积极雇佣女员工似乎也有改善形象的用意。那段时间，冷战的象征柏林墙已经轰然倒塌，整个世界处处洋溢着激情与活力，仿佛在大步迈向更加美好的未来。我也切身感受到了这种氛围。

两年后，我回到日本，被调去采访部门。新的职位给了我前所未有的体验。

我调入的是名古屋分局的经济部，然而无论走到哪里，放眼望去都是清一色的男人，几乎不见女人的身影。从男女平衡的职场转瞬来到典型的男权社会，让我产生了巨大的心理落差。记者俱乐部里随时有人抽烟，待上一天，全身就是一股烟味。放在今天，这是无法想象的。

当时也有女记者跟同事结婚生子，但这种情况非常罕见。地方分局的女记者怀孕生子是足以传遍公司的新闻。直到最近十几年，有孩子的女记者才渐渐多了起来。

接下来，我又先后在经济部、社会部待了一段时间。二〇〇〇年，日本启动护理保险制度，我加入了负责这方面的采访团队，接触到的都是自己本来就颇感兴趣的议题，诸如照护、医疗、养老、福利、少子化、育儿等。后来，我虽然调去其他部门，却仍在坚持做相关采访。

政府层面的婚恋援助项目也属于我关注的领域，但我的切入点是“官方主办相亲活动是否侵犯个人隐私”。不过，随着日本人口出生率持续下滑，这类质疑的声音被逐渐淹没。社会意识的转变速度之快，着实令人讶异。

活到老，爱到老

二〇一七年，筋野记者提议开设关于未婚社会的连载专栏，我也加入其中，负责采写老年人的婚恋情况。我做少子老龄化问题的采访已有二十多年，也一直希望有机会对此进行深度剖析。之前我也写过几篇关于婚活的报道，但公司更偏爱男性视角的“硬派”文章，对这个话题感兴趣的同事少之又少。

好在，得益于女性记者群体的壮大，我们终于能举部门之力审视这个问题了。如今，中老年人的结婚对数呈上升趋势，与年轻人形成了鲜明对比。加入老年人婚恋相关的内容有助于丰富连载专栏的视角，扩大读者群。

年轻时，我很难切身体会老年人的感受，所以一直未能就这方面进行深入报道。一些报刊时常以八卦猎奇的心态探究老年人的性生活，但我想寻找的是更能引起共鸣的话题。

我记得，有一次去养老院采访时，曾有工作人员告诉我，某位患有认知障碍的老婆婆只听她喜欢的男员工的话。这令我意识到“活到老，爱到老”是人之本性。

岁月如梭，我自己也经历了与伴侣的别离，成了五十多岁的单身老人。对我而言，老年人的婚恋问题不再事不关己。于是，这次我抱着当事人的心态开始了采写。

希望身边有人陪伴

如前所述，中老年人的结婚对数正呈上升趋势。日本婚介机构近年来大力推行的老年人婚介服务也发展态势良好。某婚介机构的顾问这么对我说："年轻男士往往比较腼腆，参加相亲派对时不敢跟女士搭话，只跟同性聊天，我在旁边看着都着急。反观老年人的派对，气氛就完全不一样。团块世代[①]的男士尤其主动，就算被拒绝也不气馁，立刻去找下一个。"

老年人的"冲劲"在这个例子里一览无余。

当我问及他们寻觅伴侣的理由，得到的回答大多是

① 指日本在"二战"后首次婴儿潮期间（1947年到1949年）出生的一代人，被视为20世纪60年代中期推动日本经济腾飞的主力。

“担心一个人应付不了意外状况”“希望身边有人陪伴”。尤其在东日本大地震之后，越来越多的人开始认真考虑找个老伴了。这可能是因为“婚活”一词在近十年里日渐普及，清除了老年人寻求伴侣的心理障碍；也可能是人们受到由来已久的观念影响：男性希望找个老伴料理家务，女性则希望找个在经济方面可以依靠的人。

老年人与年轻人的不同之处在于，他们必须直面自己和家人的健康问题与照护难题，还要与孤独做斗争。伴侣不仅能带来精神层面的支持，更能在制度层面成为一种依靠，具有一定的“社会保障”属性。此外，老年人不再受组建家庭、养育子女等需求的束缚，因此也可以说，这一时期的人们有条件将“纯爱”贯彻到底，可以纯粹因爱情而结合。

不过，“老年人”其实是个宽泛的概念。五十多岁的人尚显年轻；六十多岁的人站在了“高龄”的入口；对七十多岁的人而言，衰老则已是不容忽视的现实问题。因此这三个群体的处境也大不相同。

我选择从五十多岁的群体说起，尽管从年纪上来说，称他们为“老年人”也许并不合适。

泡沫世代是“恋爱至上主义”

二〇一七年六月，我以“五十多岁的泡沫世代结婚对数呈上升趋势”为题，写了一篇报道。

各地报刊都刊登了这篇文章，甚至有报纸把它放在头版头条，配上了“你能二十四小时恋爱吗？”的标题——这句话改编自泡沫经济时期风靡一时的饮料广告语“你能二十四小时战斗吗？”。

对泡沫经济时代的年轻人而言，恋爱在人生中所占的分量极重，很大程度上左右着一个人的活法。许多人会因为没有恋人一起过圣诞节而沮丧，觉得脸上无光；也有人希望赶在节前找到恋人，甚至为此焦急不已。不少情侣在平安夜共进晚餐后，会去市中心的豪华酒店共度良宵，以至于第二天早上退房的男士在前台排起长队——这样的情景在今人看来是难以置信的。

用“恋爱至上主义”来形容当时的人，或许很贴切。女孩们梦想着会有白马王子出现，和他谈一场如梦似幻的恋爱，幸福地步入婚姻，经常迟迟无法回归现实。当年的我也算不上冷静的旁观者。

如今，泡沫世代已日渐老去，社会也发生了天翻地覆的变化，但他们似乎随时可以重拾当年的心境。

那篇关于泡沫世代婚恋现状的报道大致如下。

男性为了老年生活，女性为了经济支持

五十岁上下的人群，结婚对数正呈上升趋势。其中许多人是子女独立后再婚，但初婚者也不在少数。这股热潮的主角正是泡沫世代。他们中的许多人想要活到老，爱到老，渴望有伴侣相守在侧。有人分析，这可能是因为日本社会局势的发展愈发难以预料，令人们产生了及时行乐的情绪。

任职于某大型企业的博先生（五十一岁，化名）在五十岁生日即将来临之际步入了婚姻。他的妻子优子（五十一岁，化名）也是初婚。博先生给人的印象是个认真踏实的工薪族。由于工作调动，他离开了家乡，此后几

乎没有机会结识异性。经人推荐，他在某婚介机构注册，认识了同龄的职业女性优子。他原本想找更年轻的对象，却因与优子十分投契，不再介意对方的年龄。两人的关系发展得相当迅速。

对他们而言，要孩子可能不易实现，但在经济方面宽裕了不少。二人可以一起发展兴趣爱好，或是享受旅行的乐趣。

日本国立社会保障与人口问题研究所的数据显示，虽然结婚对数整体呈下降趋势，但四十岁以上的初婚人数和再婚人数都有明显增长。二〇一五年，有 2950 名五十至五十四岁的男性首次结婚，是一九九〇年的 4.7 倍；女性则是 1169 名，是一九九〇年的 2 倍。同年，男性再婚人数达 7710 人（1.6 倍），女性则是 6222 人（2.1 倍）。据说，许多人在婚介机构注册是因为已与原先的配偶离婚，孩子也已经长大成人，可以多为自己考虑了。男性物色伴侣往往是为了有人照料自己的老年生活，女性则大多是为了得到经济上的支持。

一位五十四岁的女士于二〇一七年五月参加了东京婚姻信息中心在横滨组织的相亲会。她是五年前因前夫家暴而离婚的。

“他甚至对孩子动手，导致我一度对婚姻和男人失望透顶。但过去这么久了，我还是想找个人陪伴自己，也希望能有人一起讨论孩子的教育问题。”

另一位五十七岁的男士离过三次婚，正在为结第四次婚努力。他表示：“结婚是好事。我愿意在经济方面给予伴侣支持。”

市场推广专家牛洼惠注意到了“结婚人数上升的人群”与“泡沫世代”的交集。

“泡沫世代年轻时恰逢都市言情剧的鼎盛期，所以有很强的恋爱至上主义倾向。那一代人对婚姻的看法更加积极正面，而现在的年轻人看待婚姻则大多比较现实。当时，尤其是泡沫世代的女性，她们希望自己永远处于正在恋爱的状态中，哪怕栽了跟头，也要从头再来。他们经历过‘努力就有回报’的泡沫时代，有种毫无根据的自信，认为即便现在吃了苦头，未来总会有好事发生。”

精神科医生香山梨花则表示，如今人们的婚姻观已经发生转变。

“在许多人眼里，婚姻不再意味着把自己的人生奉献给对方，而是变成了情感上的支持和人生的调味剂。”

香山医生本人也即将步入老年，她如此说：“现在日本的政治局势和世界局势都不稳定，有种前途莫测的感觉。个人考虑再多也没用，不如顺其自然。这种带了些末世色彩的想法，或许也影响了人们的婚姻观。”

二〇二〇年十一月，新冠疫情越发严峻，我再次采访牛洼老师，想知道泡沫世代的婚恋观有没有因为疫情改变。

她这样跟我分析道：“在基本安全缺乏保障的情况下，人们会更关注如何活下去、保持健康，泡沫世代也会更渴望陪伴带来的心灵疗愈，而不是激情澎湃的恋爱了。年轻一代本就有这种倾向，因此两代人在疫情之下多了几分相似。不过，泡沫世代依旧希望通过恋爱不断成长、改变自己，这种不惧失败的进取精神应该仍和从前一样。”

五十五岁放弃事业，成为家庭主妇

在“婚难之中”系列连载中，我负责的是“爱做梦的老年人”这一部分，聚焦老年人的婚姻状况与相亲活动。在本书中，我想与大家分享几个典型事例，以及主人公的近况（文中涉及的年龄与连载时保持一致，未作改动）。

五十五岁的泉女士本是东京某食品公司的中层领导，在即将退休之际，她从“职业女性”摇身一变成了“家庭主妇”，与一位外地城市的医院院长（六十八岁）组建了家庭。

换言之，她放弃了经营多年的事业。

“我没有能力兼顾工作和妻子的职责，所以还是选择留在他身边，照顾他的身体。”泉女士认真地说。她穿着蓝色无袖连衣裙，衬得容貌明艳。她谈吐得当，举手投足无懈可击，显然是在商场历练过的人。

这是她的第二段婚姻。她二十岁刚从短期大学[①]毕业时结过一次婚，婚前没有任何工作经验。

“当时我对婚姻一无所知，对结婚的概念只有穿婚纱和度蜜月。”

因为与公婆同住，又和丈夫一家存在价值观的差异，她在二十九岁那年离了婚。为了抚养两个孩子，她不得不拼命工作，不知不觉时间飞逝，她已经担任要职。这些年里，她也遇到过心仪的异性，但始终没有考虑过再婚。

孩子们相继独立后，年过五十的泉女士忽然产生了一丝不安，觉得“也许我这辈子都得一个人过了”。就在这时，她在网上看到了“婚姻信息中心”的广告，说该公司致力于为中老年人创造结识异性的机会。于是，她抱着尝试的心态注册了。婚姻信息中心为她介绍了好几个人，她都不太满意。但渐渐地，她开始认真对待这件事，频繁参

---

① 日本的短期大学以培训实用技能为主，类似于中国的大专，学制为2~3年。

加起了婚活讲座。

婚姻信息中心的社长须野田珠美表示，中老年人结婚有诸多益处。“人会变年轻、生活会更加有趣，也不必再担心孤独死[1]。”不过，他们必须面对财产继承和老年照护的问题。老年人评价异性的标准也与年轻一代不同。

泉女士通过讲座了解到，她这个年龄段的男人喜欢外表可爱的女人。而当时的她着装偏职场风，外加一头干练的短发，不太符合同龄男性的喜好。于是她留起长发，烫成波浪卷，换成偏柔美的穿衣风格。在心态方面，她也反复告诉自己，要“相互认可，坦诚接纳”。经历二十多次相亲后，她遇见了现在的丈夫。

“身体还好吗？别太勉强自己。”每次收到嘘寒问暖的信息，泉女士都感到被幸福包围，体验到独自打拼时未曾有过的安全感。她发觉自己浑身放松，不知不觉间还露出了微笑。

“他是上天赐给我的珍宝，是对我这些年努力生活的奖励。”

泉女士十分珍惜眼前的幸福。她并不担心年岁的增长。

① 指独自生活的人在无人照顾的情况下，因突发疾病等原因而死亡。

“我们会注意饮食，多加锻炼，保重身体。这样就不容易生病了，也不需要麻烦别人照顾。”

两个孩子也非常支持母亲开始新生活。

此外，她还想在婚后继续利用多年的工作经验，从事膳食营养方面的志愿者活动。

完成公司的工作交接后，泉女士就立刻搬去了丈夫居住的陌生土地。她坚信自己的前路一片光明。

*

二〇一九年年底，我再次联系了泉女士，当时距她离开东京已经整整两年了。她回复我说：“多谢关照，我现在过得很幸福。”她的声音一如既往地透着活力，这令我放下心来。她搬去北海道后，很快便登记结婚，成了院长夫人。如今的她是一名家庭主妇，全力支持着丈夫的事业。

过去，她的工作日程是精确到分钟的。我不由得问：“现在是不是比原来悠闲了很多？”

“完全没有，我才知道家庭主妇这么难当，总有做不完的事等着你。”

做膳食营养志愿者时，她曾有机会通过讲座分享自己平时准备饮食和安排家务的经验。但她告诉我，讲课和实际操作有天壤之别。

“感觉自己的人生被重置了。我现在的任务就是做他的贤内助。”

她的丈夫七十岁了，但仍然活跃在第一线，除了治病救人，还要去全国各地参加学术会议。

“我希望他在家里能够尽量放松，因为他的工作常常关系到别人的生死，压力很大。”

泉女士说她由衷地尊敬丈夫，因为他至今仍在不懈地学习。

“每次参加学术会议回来，他都会谦虚地说‘这两天学到了很多’。我总是忍不住感叹，‘怎么会有这么优秀的人。’”

他们结婚已经两年，对话时却依然使用敬语。把“谢谢”和“对不起”挂在嘴边，处处为对方着想。

“我每次去东京办事，哪怕离开的时间很短，家里都会乱成一片。但收拾屋子是我的职责呀。我会时刻提醒自己，留给我们的时间不多了。”

至于自己在婚后有什么变化，她如此说：“相亲的时候，我只是在考虑别人能为我做什么。但结婚后，我开始学会考虑为他、为别人做些什么了。”

住在东京的那些年，她甚至不知道邻居姓甚名谁，如今却经常跟街坊互相走动，不时收到他们送的新鲜海产。听说她是从东京搬来了这座陌生的小镇，大家都十分惊讶，表示“你真下得了决心”，对她格外关照。喜欢了很多年的古筝和福音音乐，她现在也终于有机会学起来了。她非常享受宁静祥和的新生活。

“剩下来的有福气”

假如，你已不再年轻，高中时暗恋的人却出现在面前，说愿意与你共度余生；你的身体已大不如前，可对方还是温柔相待，给予你强有力的支持，安慰并鼓励你……

我们身边确实有人实现了这样的美梦。

二〇一三年，平安夜的前一天，六十五岁的新娘知子（化名）和六十四岁的新郎孝男（化名）在名古屋的一家酒店举办了婚礼。双方都是初婚。他们最初相识的地方，是长野县一所县立高中的音乐社团，而那已经是半个多世纪前的事了。

上高中时，知子是音乐社团里令所有男生魂牵梦绕的女生。她擅长弹钢琴，打算考音乐大学，是标准的“大家闺秀”。孝男比她小一级。在他心目中，知子是高不可攀的存在，两人甚至没说过话。

“当年她特别迷人，性格也好……当然现在也很迷人。”

正如他所说，五十年过去了，知子笑起来依然明艳动人。

几年前，音乐社团的一位成员去世，其他成员便组织了一次聚会。两人就这样重逢了。曾经的顾问老师半开玩笑地说：“反正你俩都单着，干脆结婚吧。”孝男被说动了，想试试看。

孝男是东京一家保险公司的医疗顾问，工作能力颇强，尤其擅长居家医疗领域的业务，参与开发了一系列热门保险产品。他表达能力很好，且思维敏捷。但由于一心工作，他错过了结婚的机会。

“大家可能也没想到我一直没结婚。”

知子毕业后成了业界活跃的声乐专家，曾在日本中部地区的大学任教。她走上了自己希望的人生道路，但也一直觉得，“既然来人世间走了一趟，我还是想经历婚姻，也想要孩子。”

两人开始异地恋爱。孝男时常分享新鲜的趣闻轶事，向她展示音乐以外的截然不同的世界。每次见面，孝男都会滔滔不绝地讲述自己工作上的事。有时，他甚至会单方面说上一通，然后就告辞走人，让知子目瞪口呆。

然而她发现孝男从来不指责别人，因此渐渐被他的好脾气吸引。最后，她终于决定：现在结婚也不迟。

在重逢一年半后，孝男和当年的梦中情人喜结连理。

婚礼规模不大，只邀请了十多位宾客。新郎新娘合唱了六十年代的流行金曲《Hey Paula》。知子作为专业歌手，还表演了普契尼歌剧中的独唱曲目。宾客都是六十五岁以上的老人，其中包括音乐社团的伙伴和“红娘”顾问老师。

会场的气氛十分温馨。酒店负责人都不禁感叹：“我从没见过这么美妙的婚礼。”

知子搬去了孝男位于东京近郊的住处。那是一座宁静的小镇，放眼望去都是典型的日本乡村风景。他们时常并肩散步，一起去发现美味的意大利餐馆，享受人生。

孝男颇为感慨地说：“她对弱者很有同情心。‘剩下来的有福气’这句话，说的也许就是我们吧。”知子也笑着说：“结婚后酸甜苦辣都有人分享了，挺好的。”

前段时间，孝男病了一场，身体不太利索，说话打字都比原来费劲。但在助手的帮助下，他仍然坚持继续担任顾问和培训班讲师。

“每天回到家，她都以笑容迎接我，让我很庆幸当初的决定。”

他们还计划去敬老院举办巡回演唱会。“不是白唱，当然是要收钱的！”孝男狡黠地笑着说。

接受采访时，知子一直语气温和，唯有谈到孝男的健康问题时不太一样。

“大脑受损后继续歌唱事业的人也不少。生病了也没关系，利用好剩余的能力就行。”

听到她铿锵有力的话，孝男微笑着点点头。

知子还说：“单身那些年，我从未有过孤独的感觉，生活上也没有不便。现在，我能自由支配的时间少了，还不得不照顾他，但是，两个人的生活确实更加开心，这就是我们在一起的原因。”

*

一年多后，我再次联系他们，却得知孝男的病情恶化得特别快。知子发邮件拒绝了我的采访要求。她如此写道：“曾经的生活已经离我们很遥远了。”

知子说自己也生病了，发声有些困难，所以我也不好意思给她打电话。起初，她不太愿意让我们将她的故事写进书里，但最后还是同意了，只是要求我使用化名。她对孝男依然体贴，但孝男的身体已经不太听使唤了。

“虽然身体不能自由活动了，我们的生活还是有笑声的。也希望这方面的医学早日取得突破。”她的这番话让我感到一丝鼓舞，脑海中不由得再次浮现起她那温柔而坚定的神情。

利用好剩余的能力就行。

七十岁和三十八岁的老少配

年过古稀，大多数人都不得不直面自己的衰老。不过，也有人在这个阶段再次步入婚姻。七十岁的武先生（化名）就是一个例子，他再婚的妻子比他小三十二岁，甚至比他的儿女更年轻。

武先生的前妻早已去世。退休后，他一直忙于照顾年迈的母亲。这时，他邂逅了三十八岁的爱女士（化名），两人决定共度接下来十年、二十年的人生。

这对相差三十二岁的夫妻最初相遇于东京某平民区的酒吧。“这人好像不太高兴”是武先生对爱女士的第一印象。两人都是酒吧的常客，打了几个月的照面之后，偶然发现对方也是滚石乐队的粉丝，这才熟络起来。

那天，武先生在店里和朋友聊起了正在热映的滚石乐队纪录片。他还没看过这部片子，就干脆直接去了电影院，刚好赶上最后一场。看完电影后，他回到酒吧，发现爱女士还在喝酒。两人就这么聊起了电影，结果十分投契。

“原来她还挺有意思的。”

年龄并没有阻碍他们走到一起。

当时，武先生缠绵病榻多年的前妻已经去世，他与需要人照顾的母亲住在一起。母亲的认知障碍已经很严重，他独自一人照顾不过来，爱女士便主动来帮忙，后来便干脆搬进了他家。

武先生头发花白，由于长年从事编辑工作，散发着知识分子的儒雅气质。爱女士则留着利落的短发，言谈颇为直爽。武先生发现自己逐渐被爱女士的善良所吸引：

大冷天给老人洗澡前，爱女士会先用热水淋湿墙面，让浴室暖和起来；怕老人噎着，爱女士会特意把给她吃的寿司做得小一点。这些不经意的小心思打动了武先生。

“我没告诉母亲我结婚了，担心她会更加糊涂。可惜她直到最后都不知道小爱是谁。”武先生说，“不过有一次，她跟我暗示小爱是个不错的结婚对象，让我吃了一惊，心想不愧是母亲。”

四年前，两人正式登记结婚。武先生起初并不想登记。“等我身体不行了就告别也挺好。”

但爱女士希望能正式结婚。

“以后需要照顾他也没关系。我是独生女，早就做好了照顾父母的思想准备。多照顾一个也无妨。”如果不正式结婚，性命攸关的时候就不能守着对方了。所以爱女士没有丝毫犹豫。

武先生照料了十多年的母亲去世后，只属于两个人的生活就此开启。他们每天晚上小酌一番，一起看电视节目，不时开开玩笑、谈天说地。政治、音乐、工作……两人总有聊不完的话题。

“我好像越来越喜欢他了。虽然我也知道他迟早会先走一步。”

两人在一起之后，武先生的生活发生了极大的变化，比如每天都会食用大量蔬菜。爱女士是公务员，武先生偶尔也会亲自下厨为她做饭，只是经验还不太丰富。他还一有空就出门散步，做拉伸练习。

“我得保持健康，不能给她添麻烦。要是没结婚，我肯定会每天都喝得烂醉。”

爱女士每天上班时都习惯给他发一条短信，以“确认他还活着”。照理说，他们站在一起应该跟父女差不多，却从未有人弄错过。

“大概别人都能隐约看出来吧。”

说着，两人相视而笑。

*

后来，他们在原先的家附近买了一栋百来平方米的独栋房。买房的事是爱女士突然提出的。她说“我想要一个努力的目标”。武先生替她说出了心声：“她大概是想从零开始，一起打造我们的家吧。”

武先生用现金支付了一半房款，另一半办了二十年的按揭，由爱女士负责在退休前还贷。

新房客厅有三十多平方米，很是宽敞，家具也颇有品位，还处处点缀着干花。透过一扇大窗户，便能看到翠绿的森林。两人异口同声地说：“这是借景。”“这个家有点像别墅了。”武先生心满意足地评价。大门前有个小院子，种了些花花草草。我夏天去拜访时，大门周围正盛开着蓝色牵牛花。他们两人还一起种下了郁金香球根，只待下一个春天的到来。

爱女士一结婚便有了一双年纪比她还大的儿女，外加五个孙辈。儿孙们时常来新家做客。每次家里来人，喜欢下厨的爱女士都要表现一番。“大家饭量不小，准备起来可费事了！”爱女士开心地说。大人们从中午开始把酒言欢，孩子们则在宽敞的客厅里嬉戏打闹。我问爱女士，她与武先生的子女、孙辈关系如何，她回答：“他们都说这个家里是我说了算呢。”

“我很幸福。”她还说，“尽管他真的上了年纪，时不时会呛着，我还是觉得他很帅气。”

武先生则表示：“我觉得她是个好妻子。”

爱女士甚至想象，二十年后自己退休时，他九十多岁，说不定两人仍能陪伴彼此。不过，她也做好了某一天起必须独自生活的心理准备。

她笑着说：“我已经做了两手准备，也跟年轻的同事打了招呼，说：‘以后要是看到我孤零零的，记得约我出去玩啊。’”

一人独居大宅，年过花甲仍想结婚

“晚上泡澡的时候，我经常会冒出一个念头——要是我就这么死了怎么办？”家住川崎市的芳树（六十一岁，化名，无业）苦笑着说。

当时，他照顾了六年的母亲进了医院，而他独自住在三十多年前建造的“两代居[①]”里。他建这栋房子的初衷，本是想在婚后与父母一起生活。

芳树过去在信用社工作，由于长年单身，他一直与父

① 20 世纪 60 年代日本发展起来的一种住宅形式，包括两套相邻又独立的住宅，各自拥有完整的卧室、厨卫等生活设施与入户门，但室内有门户相通。

母同住。二〇一〇年，父亲撒手人寰，母亲也在第二年病倒，需要人贴身照料。他曾将母亲送去疗养院，一年之后，为了不给自己留下遗憾。他不顾周围人的反对毅然辞职，把母亲接回了家。此后，他的生活重心便是照顾母亲。

芳树一直希望结婚。四十岁之前，他还会积极出门交际，每逢周末都参加集体约会。但随着年龄增长，他与参加婚活的女性年龄差距不断扩大，交际起来愈发困难。开始照护母亲之后，接触异性的机会就更少了。

“我不后悔辞掉工作照顾母亲。而且总想着当初没选的路其实无济于事。”

但没能让父母抱上孙子，还是让芳树深感内疚。

“我很孤独。希望能有个人说说话。”

若是年纪大了还是孑然一身，身体不适时难免倍感煎熬。如果身边有人陪伴，心里会踏实不少。

日本生命保险公司旗下的日生基础研究所的高级研究员、婚姻问题专家天野馨南子指出：“从灾害防范、犯罪预防和疾病管控等角度看，无人照料的独居老人变多，会造成社会不稳定。”

她还表示，“黄昏恋”夫妇的增加有助于降低上述风险，是一种值得庆幸的趋势。

芳树参加过一次聚会，参会的都是与他一样没有成家、独自照顾父母的人。芳树在那儿结识了一个年纪相仿的男人，对方在父母过世后找了一家婚介机构，成功步入婚姻。他对芳树说，他是初婚，此前一直跟父母同住，而女方是再婚，有一个上高中的女儿。“孩子正是最敏感的年纪，经常和我们闹矛盾。”他虽然这样感叹，却很珍惜继女在父亲节那天送的钱包。这令芳树很羡慕。

“我觉得无论是结婚，还是为人父母，可能都有最合适的时机。也许对他而言，现在就是最佳时机。”

“有朝一日，希望我也能结婚。”芳树梦想着邂逅可以与他分享余生的人。

*

关于芳树的报道见报后，我寄了一份报纸给他。他回复我说：“在报纸上看到自己的故事，顿时觉得我得再加把劲了。”

他的话令我松了口气。虽然报道里写的都是事实，但他毕竟年过花甲，我有点担心他会多想。借此机会，我也再次感谢他坦诚分享自己的感受。

后来，芳树的母亲反复住院，最终在二〇一八年四月离开人世。她患有认知障碍与多器官衰竭，装了胃瘘管，死因是心肌梗死。一年过去，各种手续也办理完毕后，芳树在一家咖啡厅当起了志愿者——那些家中有病人需要陪护的人常在这里聚会。除此之外，他加入了体育俱乐部，会去听古典音乐会和大学里的历史学讲座，还在市政府与民间组织主办的护理培训班担任讲师，每天的日程表都排得满满当当。

芳树是个健谈的人。在咖啡厅工作时，他的主要任务是陪患有认知障碍的男性聊天。

“那些人大都是由负责照顾他们的妻子带来的。女性跟女性聊，我就陪丈夫们聊。他们退休前有的制造电脑，有的在报社做校对，大家都只聊工作上的事。”

不过芳树还说：“我们每个月都见面，但因为认知障碍的缘故，他们的记忆力在不断衰退，所以每次聊的东西都差不多，我还得装作是第一次听到，这种体验挺新鲜。”芳树似乎乐在其中。他会尽力分享自己的陪护经验，以报答自己在照顾母亲的那些年里大家予以的关照。

二〇二〇年十一月，芳树六十五岁了。我问他最近有没有认识新的人，他答道：“这很困难，但我还是想结婚。”他的想法并没有改变。

“我想找个比自己小五六岁的人，这样沟通容易些，同龄女性太强势了。”

但对于求助婚介机构，他还比较犹豫。

“听说找婚介机构的女性很多是日子过不下去才想结婚的，容易出问题。”

最近，芳树每次跟其他单身人士聊天，都会聊到“墓地怎么办”的话题。“找个比自己年轻的妻子，就有人照看墓地了。每次去扫墓，看到杂草丛生的坟头，我都不由得考虑这一点。”

可见，眼看着自己即将成为高龄老人，芳树对伴侣的要求也发生了些许变化。

蓬勃发展的老年人婚活市场

为进一步了解蓬勃发展的老年人婚活市场，我们采访了聚焦中老年婚活的业界先驱“茜会”的运营方，位于东京的日本健康管理株式会社的总经理川上健太郎。

——请问老年人婚活市场的现状如何？

川上：“婚活”一词在近七八年里日渐普及，老年人似乎也越来越不抵触找婚介机构了。每家机构的业绩数据并不都是公开的，所以市场的整体规模还不明确，但我们可以感觉到整个行业正在蓬勃发展，热度很高。

——最近的老年人婚活和过去有什么区别吗？

川上：人们的需求大体没有变化。在择偶标准方面，女性倾向于找年龄相仿的人，毕竟对方年纪太大的话，也许没几年自己就会变成孤家寡人。而男性则想找年轻的。同时，女性年纪越大，越看重男方的经济实力。有没有退休，有多少养老金，都是老年女性相当关心的问题。令人意外的是，“希望未来的妻子照顾衣食起居”的男性明显变少了，可能是因为不少人已经独居了很长一段时间，而且如今生活的方方面面也比以前便利许多，几乎没人盼着老了之后让对方照料自己。不少夫妇会选择一起入住养老院，不给伴侣增加负担。无论男女，绝大多数人寻找伴侣的目的，还是希望自己遇到困难时身边有人陪伴。

——最后一点可否具体讲讲？

川上：比如半夜身体不舒服，需要叫救护车怎么办？卧病在床起不来怎么办？困在浴室或厕所里动不了怎么办？大家都有这方面的顾虑。媒体也经常报道孤独死的问题，所以人们都害怕类似的事发生在自己身上。东日本大地震也是一个诱因。人们意识到意外随时可能降临，于是开始参加婚活。

——老年人参加婚活会面临哪些问题？

川上：问题还不少，比如怎样处理与子女的关系、怎样安置财产、住在谁家、正式登记还是事实婚姻……其中最重要的是“能否得到子女的理解”。子女反对的原因不外乎两个。一方面是心理上的，不理解父母都一把年纪了，为什么还要再婚；另一方面则是财产分割的问题。因此我们茜会不仅提供婚恋方面的讲座，也提供关于法律、财务问题的讲座，广受会员好评。

——很多人因孤独焦虑不安，却没有勇气参加婚活，您觉得这是为什么？

川上：只是焦虑的话，也有其他的解决办法，比如可以跟孩子一起住，也可以使用市面上的服务。如果还是想找个伴，说明这个人还年轻。有人说，在人均寿命达到一百岁的时代，我们很难只和一位伴侣白头偕老。我觉得这话说得很对。其实除了相亲派对，老年人还可以参加社团活动，打打高尔夫，玩玩摄影，唱唱卡拉 OK，结伴出门探险……很多夫妻就是通过社团活动认识的，这也是结交同性朋友的好办法。可以说，生活方式相对活跃、心态比较年轻的老年人往往会走上婚活之路。

写在采访结束后

老年人婚活与我的距离并不遥远。然而，如果你问我有没有因为这次采访产生尝试婚活的念头，坦诚地说，我也不知道。

我在采访中感触最深的是，无论有没有找到合适的人，受访者都对未来和自己抱有坚定的信念，始终努力规划着即将与伴侣共度的人生。高龄老人的生活将不同以往，体力直线下降、疾病多发都是非常现实的问题。即便如此，一些老年人仍然选择与自己认定的人共同面对，结伴而行。我相信，那些心怀美好梦想的老年人终将找到心仪的伴侣。无论前路如何，他们都能品出幸福的滋味。把老年人婚活看作“走向幸福的准备工作”，倒也恰如其分。

*

第三章的主题是“代理相亲”。这一章里，筋野茜记者将聚焦代替子女活跃在婚活现场的父母。

“这不是多管闲事吗？”“非得让孩子结婚不可吗？”很多人也许会产生这样那样的疑问，但参加代理相亲的父母都分外认真和拼命。他们的子女反应不一，有的十分反感，有的心怀感激；父母的真实想法或许也不能用“盼望孩子幸福快乐”来简单概括。两代人之间，同样存在种种隐藏的问题。

第三章

心急如焚的父母

筋野茜

父母替子女相亲

随着价值观越来越多元，绝大多数人都会进入婚姻的“皆婚社会”走到了尽头。在日本，四分之一的男性和七分之一的女性终身未婚的时代已经来临。对年轻一代来说，婚姻不再是人生的必需品。然而，仍有许多父母认定“结婚等于幸福”，父母替子女物色伴侣的“代理相亲”活动因此大受欢迎。

我第一次看到“代理相亲”这个词，是在某女性周刊的网上专题报道里。记者从父母的视角出发，将他们的行为定性为“一心为子女的幸福着想”。然而看完文章后，我的心情却不太痛快，甚至想质问“有必要为结婚做到这个地步吗？”“父母是不是管得太宽？”。不过，日本的父母确实对子女的婚姻有着巨大的影响力，我的父母每年也会问一两次“你打算结婚吗？”。

其实我也不想让父母担心。有一次，我与他们一起参加表妹的婚礼。父亲喃喃道：“我也希望搀着新娘走红毯。”听到这话，我生出了些许愧疚。但父母很理解我，从来不逼迫我。因此我几乎没感觉到催婚的压力。

“父母和婚姻”是我一直想探究的主题。二〇一七年春天，我终于开始采写。

住宅建筑商涉足代理相亲活动

二〇一七年六月的一个星期天，两百多名中老年人涌入东京站附近某栋办公楼的会议室。那里是代理相亲会的会场，到场者均为替单身子女物色对象的父母。真正的主角，其实是并未现身的子女。

主办方提前发了一份表单，列出了所有参加者子女的情况，如职业、学历、身高体重、有无可能派驻外地、择偶标准等，父母们可以找感兴趣的对象详谈。

“您好。”

“您女儿真漂亮。”

双方草草寒暄后，便互相展示子女的简历，内有照片和更详细的信息。

这场相亲会由总部位于东京的住宅建筑商三泽房屋旗下的子公司“Media MG”主办。早在数年前，他们就启动了专做代理相亲的“良缘会”项目。截至二〇二〇年十月底，从首都圈到北海道再到福冈，Media MG 已经在日本各地举办了约一百九十场活动，吸引了三千人次到场参加。仅主办方了解到的，就有五十多对男女通过活动步入婚姻。参加这种活动只需支付一万日元左右的入场费，无须额外的会员费与成婚费。Media MG 的石丸早见参事表示：

“通过我们的活动走到一起的夫妇在购房或装修时，或许会考虑我们母公司的产品。而且从父母的角度看，三泽房屋是知名企业，有一定的信誉保障。我们不靠相亲活动赚钱，相当于是做了为大家牵线搭桥的志愿活动。”

如果某人真的通过三泽房屋子公司举办的相亲会找到了伴侣，确实容易产生“找他们盖新房以示感谢”的想法。

相亲会的“主角”年龄跨度不小，男性在二十五至五十一岁之间，女性在二十四至四十五岁之间。父母一起到场的不在少数，甚至有人专程乘飞机从北海道和九州远道而来。项目协调员小林美智子告诉我：“现在这个时代，遇到合适的结婚对象很不容易。父母最了解子女的性格，由他们出面参加活动能帮子女增加结识异性的机会。”

如果双方父母聊下来觉得合适，就会交换照片和简历，各自带回家。子女若有意进一步接触，便可以见面了。

我见证的代理相亲比普通的相亲活动严肃得多，也直截了当得多。

“昭和式婚姻观”暴露无遗

代理相亲会上，一位帮儿子物色对象的父亲表示：“我儿子年薪七百万日元，但有可能被调去外地。”女方母亲听了便未与他交换简历，并态度干脆地说：“我就这一个女儿，不打算让她嫁去东京以外的地方。这种话还是得事先讲清楚，免得以后闹矛盾。”

一位替儿子相亲的母亲跟前排起了长队。原来她的儿子是东京大学毕业的国家公务员。女方家长纷纷上前，宣传自己的女儿，场面如同选秀。“我女儿厨艺很好”“他们的爱好应该差不多”……一位家长的女儿在大企业工作，男方母亲便问：“我儿子很忙的，像男人一样全职上班的女人不适合他。你女儿可以辞职吗？”

另一位替三十多岁的大儿子相亲的父亲抱怨道：“在这种地方，高中学历基本没人瞧得上。”看来男性的人气与他的学历和收入成正比。这或许也体现了女方父母的一片苦心，毕竟他们都希望女儿衣食无忧。

也有一些父母直白地表露了想抱孙子的渴望。

一位七十二岁的母亲想为四十八岁的儿子找个二十多岁的对象，照着候选人名单一家家交谈。因为年龄差距太大，她处处碰壁，但仍不放弃。“我儿子长得年轻，而且年纪小的媳妇能给我生两个孙子。”

我请她把儿子的照片给我看看。映入眼帘的是一张与其年龄相符的面孔，看上去还有些内向。

于是我说：“找个和他年纪差不多的，也许更聊得来。”她却回答：“那就成高龄产妇了，都不知道生不生得了孩子，娶回来有什么意义。”

在普通的婚活中，这样的“昭和式价值观”通常暗藏于平静的表面之下，在这里却暴露无遗。

一言不合就被扣上了“不孝”的大帽子

成年子女真的会把婚姻大事的决定权交给父母吗?

不经意间，我看到了一张摆在桌上的照片。一位四十岁左右的男士站在樱花树下，西装革履，面带微笑。他的母亲告诉我说：“这张照片是专门为相亲会拍摄的。拍照的地方也是儿子跟我商量着选的。儿子很信任我，说‘妈妈看中的人一定没错’。”

据说，参加代理相亲会前，父母必须事先征得子女同意。毕竟双方父母只负责“牵线搭桥”，接下来才进入真正的考验。

*

在围绕“婚难”进行的采访中，关于代理相亲的部分最令我费神。因为，尽管并没有恶意，但参加代理相亲的父母都认为不结婚等于大逆不道。有一次，一位母亲问我：“你还单着呢？我看你年纪跟我儿子差不多（事实上差了十岁），要不然你们见面聊聊？”

我只好以工作为由婉言拒绝，并表示自己现在过得挺开心。

那位母亲一听便叹气道：“做女儿的应该早点穿上婚纱，生个孩子让父母高兴。跟男人一样拼事业，连婚都不结，太不孝了！”

第一次见面就被扣上了“不孝”的大帽子，令我震惊。如果说这种话的是自己的母亲，恐怕会相当难过吧。

在采访过程中，类似的情况屡屡出现。假如我当时正为结婚而焦急，或是父母施加了很大的压力，这个采访或许就进行不下去了。

*

接下来，我会介绍几位在采访过程中令我印象深刻的受访者。起初，我对替子女相亲的父母抱有疑问，但随着采访深入，我逐渐理解了他们希望子女幸福的苦心。至于子女内心的挣扎，作为单身者，我更是颇有共鸣。

父母和子女各怀心事

经由良缘会，我认识了家住东京的小仓母女（均为化名），对她们进行了为期一年的跟踪采访。

母亲良枝（六十六岁）是个体户，经营着一家小店。她性格开朗健谈，欣然同意接受采访，对我无话不说。当然，她也有心地柔软的一面，聊起生病做手术的朋友时还会掉眼泪。

首次采访良枝后，我又和她的女儿芽衣（三十六岁）聊了聊。她与我年龄相仿，性格与母亲截然不同，比较内向。起初她似乎有些放不开，但聊到兴趣爱好时，她露出了灿烂的笑容。为了了解母女俩的真实想法，采访是分别进行的。

*

良枝参加过不少代理相亲活动，二〇一七年六月那场由良缘会主办的相亲会也是其中之一。一个月后，她发现自家信箱里多了一个白色信封，不禁叹气。

“这次也没成……”

良枝与丈夫小仓充（七十三岁）在东京郊外经营食品店，女儿芽衣平时也帮家里打理生意。白色信封里装着芽衣的照片和简历，是参加相亲会时与男方父母交换的。因为其中有大量的个人隐私，对方如果拒绝就需要原样退回。里面还附了一封措辞礼貌的信，说道：“犬子配不上令爱，这次的事就算了吧。”

因为女儿比较内向，不擅交际，良枝与丈夫十年前就开始替芽衣物色对象了。二十多岁时，芽衣曾和食品店顾客介绍的男友发展到谈婚论嫁的地步，却没能顺利结婚。六年前，父母开始参加代理相亲活动。芽衣见过几个通过活动认识的人，可多数时候还是像这次一样，尚未见面就被拒绝。父亲曾给中意的男方的父母写信，明知这么做有些失礼，却还是想为女儿创造机会。

芽衣毕业于一所职业学校。良枝看着被退回的简历，垂眼说："要是他们能多关注人本身，而不是只看年龄和学历就好了。"

良枝是在二十一岁那年与充结婚的，当时充是与她有业务往来的公司的职员。婚后，她先后生下了儿子（现在四十四岁）和女儿芽衣。

"虽然一路走来很辛苦，但生儿育女的经历让我们成长了许多。希望女儿也能结婚生子，过上普通却幸福的生活。"

她很担忧芽衣的未来。儿子在二〇一一年结婚，有了自己的小家。女儿一直和父母一起生活，精神和经济层面都没有独立。万一父母哪天不在了，女儿一个人孤零零的怎么办？良枝认为替女儿找到伴侣是唯一的解决办法，愈发为此焦急。

也许是因为接连遭到拒绝，芽衣最近很抵触"婚活""相亲"之类的字眼。

他们也经常听到周围人的批评。"父母不该干涉孩子的婚姻。""至于做到这个地步吗？"

良枝也感到矛盾，怀疑是不是让女儿自己去闯荡人生更好。但即便如此，他们仍然认为自己的出发点是期盼内向的女儿能收获幸福，认为这是最纯粹的父母之爱。

子女如何看待代理相亲

对于拼命替自己物色对象的父母，子女又是什么看法呢？

“感激”与“厌烦”各占一半——芽衣如此形容她对父母的真实感受。

芽衣高中上的是女校，毕业后又进了一所女生居多的糕点职校，所以不太擅长与异性交流。朋友曾带她去参加联谊，可她无法适应那种气氛，只想赶紧回家。二十七岁那年，父母为她安排了对象，二人很快就订了婚。但最终出于种种原因，两家经过反复商量，还是取消了婚约。

“我也不确定自己喜不喜欢他，但有种被侮辱的感觉，很是难受。”芽衣如此回忆。

三十岁后，父母考虑到她的将来，不断为她介绍相亲对象。实际见面后，她却遭遇了无尽的失望。有的相亲对象明显表现出对她不感兴趣，有的相亲对象在约会时迷了路……甚至出现过话不投机，对方只待了半小时就告别的情况。

至今为止，她都没有遇到过感觉还不错的男人。而最近甚至几乎都是还没见面，她的照片和简历就被退了回来。简历展示了她居家、贤惠的一面，比如“上烹饪班”“喜欢做手工饰品”。她无法理解男方为什么连面都不见就直接拒绝。

芽衣理想中的对象是“年龄比她稍大、没有婚史、有共同语言、不抽烟”。她想成为家庭主妇，生儿育女，所以希望对方收入稳定。然而她平时只帮家里打理生意，不在外面上班，很少有机会结识异性，也没有心仪的人。所以她很感谢父母代替内向的自己相亲。

母亲平时很少催促她结婚，但有一次随口说了句“我跟你一样大的时候正忙着带孩子呢”。听到这话，芽衣用有些生气的语气回复：“你是你，我是我。”

“一听到刺耳的话，我就忍不住想反驳，我也知道自己辜负了父母的期望。”

*

也许会有人认为，良枝和丈夫对女儿的关爱有过度保护之嫌。起初，我也把他们与那种帮孩子写暑假作业的父母联想到了一起。可他们之所以想尽一切办法替女儿安排相亲，也是为女儿的未来着想。

一年后，我再次采访芽衣，却发现她不太愿意谈起代理相亲。我猜测是相亲不太顺利，事实也正如我所料。

无法放弃让子女结婚

二〇一七年九月，良枝终于为女儿争取到一次面对面相亲的机会，这离她上次相亲已经过去许久。双方的母亲都到场了。对方是一位四十多岁的公务员，良枝对他印象很不错，觉得他很会说话。然而，男方此后并没有再约芽衣。

良枝还找了婚介机构。可是尽管芽衣还不到四十岁，介绍过来的却都是五六十岁的男人。良枝曾把其中一份简历拿给芽衣看。芽衣断然拒绝，说："我不是工具。"良枝反省，芽衣可能觉得自己为了让她结婚，不惜让她伺候年纪比她大得多的男人，于是不再勉强芽衣。再收到类似的简历，她也会直接退回。

近年，身边因病去世的亲戚朋友越来越多。良枝不由得想："留给我们的时间不多了，得尽快帮她找到对象。"

良枝的焦虑与日俱增。她与丈夫商量后，打算给芽衣报个兴趣班，因为芽衣擅长手工，喜欢自己制作饰品。与其让她一直待在家里，不如出去走走，或许能结识异性——尽管这样的机会很渺茫，他们也不想放过。但芽衣似乎并不领情，最近一听到诸如"结婚""相亲"的字眼就毫不掩饰自己的反感，不耐烦地说"又来了""我受够了"。

二十多岁时，芽衣对父母很顺从。相较之下，如今的她似乎更有主见了。

良枝很后悔没在女儿年轻时为她物色到对象，现在也仍然无法死心。她预测，如果他们夫妇二人去世了，经济和情感上都不独立的女儿只能终日以泪洗面。

她如此认为：

"为子女找准人生方向是父母的职责。"

“妈，不结婚的人有的是”

接下来介绍的早纪子（七十二岁，化名）也给我留下了深刻的印象。

早纪子性格稳重，很会为家人着想。每次去她家采访，她都会一大早去百货商店采购本地特色糕点来款待我们，未来似乎也会是位好婆婆。然而，她对儿子的感情过于深厚，好像起了反作用。

“我儿子跟别人不一样”“结了婚才算男子汉”——早纪子随口说出的话，透露了她对孩子的真实期望。

*

“我回来了。”

“回来啦，小雄。”

小儿子行雄（四十三岁，化名）回到北关东的老家过盂兰盆节时，早纪子喜忧参半。见到阔别已久的儿子固然高兴，可她心里还是有些失落。

“看来他不打算利用假期跟女朋友出去玩。”

行雄在首都圈的一家工厂做零件管理方面的工作。他性格温和踏实，不爱喝酒，平时没什么机会认识异性。母亲每次打探他的情感生活，他都回答：“我没女朋友。”

为了帮儿子解决婚姻问题，早纪子的丈夫晃一（化名）五年前就开始参加代理相亲了。他还经常托亲戚朋友帮忙介绍。在英语兴趣班认识单身女性时，也会问对方是否愿意和他儿子见面聊聊。但没过多久，晃一一病不起，在二〇一六年一月与世长辞，享年七十三岁。

早纪子依循晃一的遗愿，开始不遗余力地为儿子物色对象。她表示：“希望儿子也能像我们一样，过上与伴侣相互扶持的幸福生活。”不论亲戚、朋友，还是丈夫的老同事，她逢人就嘱托这件事。

行雄并不主动参与婚活，也没有表现出强烈的结婚意愿。但父母给他介绍相亲对象时，他从不拒绝。

他只对母亲提过一次："妈，不结婚的人有的是。"

脑海中挥之不去的“结了婚才算男子汉”

二〇一六年五月，行雄带当时的女友回了一趟家。女友三十多岁，是早纪子托熟人介绍的。为避免失礼，早纪子为这次见面独自排练了好几次。

实际见面时，儿子与女友的表情有些羞涩，但二人的关系似乎很亲密。早纪子十分欣喜，当天就打电话告知所有亲戚：“小雄的婚事快定下来了。”然而几天后，女方却跟行雄提了分手。

早纪子不知是哪个环节出了问题。行雄反复劝慰母亲，说和她没有关系，但早纪子还是非常自责，觉得是自己表现得太过殷勤，无形中给对方施加了压力，吓退了人家。

"我本以为每个人到了年纪就会结婚。"早纪子叹息。她也尝试过调整心态，告诉自己或许父母不插手，子女反而容易找到缘分。但她仍然担心不已。她知道自己的观念有些过时，可"结了婚才算男子汉"这句话还是在脑海中挥之不去。

行雄很孝顺，也懂得体贴身边的人，她不忍心看到他被人指指点点，背上"半吊子""怪胎"的名声。

早纪子单纯希望儿子能够结婚，不强求未来儿媳与自己同住，或照看家族墓地。只要他们夫妻二人过得开心，不要孩子也没关系。

早纪子每天都会站在佛龛前，与亡夫分享当日见闻。她梦想有一天能够告诉他："小雄终于找到合适的人了。"

新冠疫情与代理相亲

受疫情影响，良缘会自二〇二〇年三月起停办了代理相亲会。毕竟参加者以六十五岁以上的老年人居多，而老年人的重症风险最高。面对面交流的相亲会也无法避免密闭、密集和密接的“三密”情况。在无法保障安全的前提下，停办是不得已的选择。

从六月开始，良缘会启动了居家相亲会项目，足不出户也能交换简历。与面对面交流的相亲会一样，参加者会提前拿到一份写着所有子女职业、学历、身高体重等信息的表单。每家父母可以通过主办方最多向十人发出交换申请。之后，每家都会收到一份申请人名单。如果同意交换，就将简历邮寄给对方；此后双方若有意进一步接触，再面对面相亲。截至二〇二〇年十月，良缘会已经在首都圈、东海地区和日本西部举办了四次居家相亲会。据说首都圈的参加人数远超预计，达到了两百三十一人。正为女儿找对象的良枝也是其中之一。她很感谢良缘会的周到安排。“疫情这么严重，都不敢出门，能在家里参加活动太好了。”

许多人在此前的相亲活动中因年龄、学历、职业方面的短板频频碰壁，通过居家相亲会却发展到了面对面相亲这一步。有一位过去屡屡受挫的五十多岁女士，就成功借助相亲会和心仪对象见了面。对此，石丸参事表示：

“线下活动有时间限制，没法接触很多人，难免倾向于根据硬性条件筛选。但居家相亲会上，每家人最多可以向十个人发出交换申请，后期还能对照简历跟家人慢慢讨论，有足够的时间斟酌。时间和心态从容了，也许就比较容易产生‘机会难得，不妨接触一下看看，说不定有缘分’的想法。”

也许病毒不仅改变了婚活的形式，还潜移默化地影响了父母辈的观念。

做“婚活助理”了解子女的心思

关于“代理相亲”的文章见报后，我们收到了各个年龄段的读者发来的信件。其中单身子女家长的来信格外多，大都是在问“能不能给我儿子（女儿）介绍个好对象”。也有人跟我们诉苦。一封字迹优美的传真如此写道：“我儿子京都大学毕业，工作体面，性格也好，我不明白他为什么结不了婚，你们能帮忙查查吗？”这样的内容让我们不知如何应对。

还有人请我们推荐值得信赖的婚介机构。近年来，关于婚姻诈骗的新闻层出不穷。这个请求也体现出父母的用心良苦：他们希望通过有媒体背书的机构帮子女物色对象。

与我们预期的一致，二十到四十多岁的年轻读者对代理相亲大多持批判态度。不过，也有人坦诚地表示“真羡慕有父母帮忙的人”“这些孩子不理解父母的苦心”。我打电话联系了一位来信读者，希望听听他的想法。

*

修三（七十三岁，化名）与同龄的妻子生活在日本西部一座大约有五万人口的小镇上。他们的儿子纪久（四十六岁，化名）高中毕业后就进了一家大型公司做技术员，住在东京，至今单身。修三居住的村庄以农户为主，街坊邻居大多与子女同住，还有不少三代同堂的家庭。修三的女儿（四十二岁）在十五年前结了婚，两个外孙已经上小学。但女儿一家住得远，坐新干线过来都要三个小时，只能在新年和盂兰盆节见见面。

“在聚会上见同龄的朋友讨论孙子的运动会，我真是羡慕。回到家里冷冷清清，有种说不出的寂寞。”

修三想抱孙子的愿望愈发强烈，越来越希望儿子能结婚生子。

而纪久寡言少语，家人也不知道他为什么一直不结婚。他在东京买了公寓，但不知是为了独自生活下去而准备，还是为了结婚准备的。纪久自幼患有慢性消化系统疾病，尽管他很少提起，事实上这也可能是影响他结婚意愿的原因之一。

修三不想盲目催婚，给儿子太大压力，于是数年前做出一个大胆的决定：申请成为当地政府的“婚活助理”。他并没有给人牵线搭桥的经验，主要还是希望通过深入婚活现场，能够更理解儿子的心思。

修三以工作人员的身份参加过一场面向二十至四十多岁人群的相亲活动。当时，他看见一些外表老实的男士扭扭捏捏地站在墙边，于心不忍，上前问他们：“怎么了？”一人回答：“我没跟异性聊过天，不知该怎么搭话。”修三不由得想起自己年轻时也沉默寡言，不擅长与异性交谈。但通过亲戚介绍，他认识了现在的妻子，两人仅仅吃过几顿饭，就毫不犹豫地定下了婚期。可如今，亲戚和公司都很少再为人安排相亲。他深切地感受到：“要是没人帮忙张罗，像我儿子这样住在大城市里、性格又内向的男人肯定会剩下来。”

通过报纸了解到“代理相亲”后，修三便想尝试一下。他爽朗地笑着说：“找个四十多岁的儿媳妇也没关系。

我听说现在医术发达了，五十岁之前都能生。”

为了理解“儿子为什么不结婚”而特意去做“婚活助理”，修三的行动力令我佩服。这或许也反映出他真的非常渴望抱上孙子。他还得出了自己心目中的答案——与过去相比，亲戚朋友帮忙介绍对象的情况变少了。

修三不仅没有将自己的价值观强加给儿子，还尽可能地去理解儿子的想法。我认为，如果儿子能感受到他的苦心，父子坦诚交流，一定会有所收获。哪怕最后收获的并不是修三想要的答案。

依赖共生的母女

这个案例的主人公是位年近四十的女士，她的母亲非常热衷于代理相亲。

我与这位女士相识已经十年有余，她是办事利落的职业女性，性格爽快但不过分张扬，平时也挺受异性欢迎。读到我们的连载，她很有共鸣，主动联系了我。我和她做了一次访谈，进而了解到，她长久以来一直为与父母的关系，尤其是与母亲的关系苦恼。聊起过去，她甚至落下泪来。

*

“如果能够拒绝父母，我就不必受伤了。”家住东京的美帆（三十九岁，化名）坦率地说。此时，她的母亲正在代替她相亲。

美帆的父亲在一家大型银行工作，母亲是家庭主妇。她是独生女，小学、初中和高中上的都是私立贵族学校。从著名私立大学毕业后，她进了一家大型食品公司，成为综合职位的员工。

“我本来是正经又拘谨的性格，所以一直以来最重要的目标就是‘不辜负父母的期望’。”

美帆的外祖父是外地城市的议员，母亲是家中长女，为找工作来到东京，后来与她的父亲相亲结婚，成了家庭主妇。母亲有两句口头禅：“只要努力就会有回报。”“妈妈是为了你好。”美帆过去以为，母亲干涉孩子择校、择业是理所当然的。她以优异的成绩考上了第一志愿庆应大学，因为那是母亲最向往的学府。找工作时，她通过了日本首屈一指的 IT 公司的面试，却因为母亲建议她找一家更稳定的公司，没有入职。回想起来，人生中的每个重大抉择，她都会看母亲的脸色。

她进了一家食品公司，业绩在资历相当的人中一直数一数二。但为了做出成绩，她不得不牺牲私生活，频繁加班、放弃休假。二十多岁时，她交过一个男友，却因聚少离多无疾而终。到了三十三岁，父母突然开始催促她结婚，说：“这么大年纪了还没嫁出去，和父母住在一起，太不像样！别一门心思忙工作了，赶紧结婚！”父母原本很支持她的事业，美帆没想到他们会这么说，有些慌神，立即在一家婚介机构注册，并付了三十万日元的会员费。

然而，也许是因为美帆缺乏恋爱经验，每次相亲都会冷场。为避免事后遭父母反对，她总想先了解清楚对方的家庭背景，初次见面就问“令尊令堂在哪里工作”，从而招致对方明显的反感。

“读书做题的时候，只要努力就能解出正确答案。可婚活没有标准答案。越是努力，遭到的否定就越多，仿佛在告诉你‘你这人有缺陷’。”

三年来，她坚持抽出双休日的一天用于婚活，却迟迟不见成果，身心俱疲。一天，她发现头上多了一块硬币大小的斑秃，这才下定决心，告诉自己“到此为止吧”。

然而，母亲却开始积极参加代理相亲活动，看中的都是条件特别好的男士，比如“学历在早稻田 / 庆应以上”“年薪千万”“医生”“综合商社职员”……美帆已有三年的婚活经验，知道母亲的要求太高，觉得“条件这么好的人绝对看不上自己”。但出于负罪感，她没有提醒母亲。母亲也确实收到了好几封拒信。

自从父母说出“太不像样”这个词，美帆便开始怀疑他们的行为并不全是为她着想，而是为了自己的面子。母亲一边催她结婚，一边却在参加法事时跟亲戚撒谎说：“美帆有男友，但她想拼事业，所以要多观察下对方能否接受。”这件事令美帆确信了自己的猜测。但她心里还是充满矛盾，毕竟父母在一天天老去，她不想让他们失望。

美帆想，要是他们能对我说一句“去过你想过的生活吧”，那该多好。

说这句话时，美帆的声音有些发颤。

阻碍子女幸福的父母

美帆的情况并非特例。我周围还有好几位朋友也因类似的母女关系而十分苦恼，她们大多是受过高等教育的职业女性。

四十多岁的麻耶（化名）是一名国家公务员。作为独生女，她与母亲的关系曾经非常亲密，两人经常结伴购物、出国旅游。

麻耶每次谈恋爱，母亲都会给她出谋划策。大约十年前，通过朋友认识的男友向她求婚，却被她拒绝了。因为恋爱期间，她带男友回家见过家长，母亲打听了男方的职业和学历，认为他太过平庸，长相也普普通通。

几年前，麻耶与另一位同为国家公务员的男士结为夫妇。这个女婿姑且算是满足了母亲的期望。麻耶以为从此生活便能幸福美满，但母亲时常在他们夫妇二人的新家留宿，还不准她跟丈夫一起回婆家。丈夫批评她母亲不肯放手让子女独立，夫妻关系由此逐渐恶化，二人也一直没有孩子。

“我知道母亲在妨碍我的幸福，可又不忍心责怪她。”麻耶低着头说。

不论是美帆还是麻耶，她们的母亲都想摆布女儿的人生，她们自己则无比恐惧“让父母失望”，对此充满强烈的罪恶感。这两对母女之间存在密不可分的“依赖共生”关系。我担心的是，即使美帆与母亲相中的人结了婚，婚后母亲也会在生育孩子、照顾老人的事情上多有干涉，令她陷入新一轮的煎熬。若想彻底摆脱这种痛苦，可能需要一个漫长的过程，真心祝愿她能做到。

即便如此，我们对“代理相亲”也无法一概而论，各家父母的心态亦不尽相同。但站在个人的角度，我依然对把婚姻大事交给父母定夺的做法持怀疑态度。

关于“代理相亲”的报道发表后，几乎瞬间就在推特等社交平台扩散开来，大部分评论带有批判色彩。“这世界真是没救了”“子女不是父母的所有物”“他们只是在物色以后伺候自己的人吧”……年轻一代会有这样的反应，我们并不意外。还有人指出，代理相亲与旧时代的传统相亲本质并无不同，只是换了个称谓。

子女的心态也是因人而异，旁人无法评判。比如，有一位女士最终与母亲通过代理相亲找来的对象走到了一起。她告诉我说：“这样不必担心父母反对，所以进展得很快。多亏了母亲，我才能实现组建温馨家庭的梦想。”

如果父母和子女都满意，代理相亲或许也能与传统相亲方式一样高效，不失为一种明智之选。

昭和式价值观引发众怒

“婚难之中”专栏开始连载时，平成时代也即将落幕。

然而，三十多年前的昭和式陈旧价值观却仍然困扰着现在的年轻人。他们的父母没有摆脱过去的传统观念，连政坛在涉及婚育问题时，也总会有政客发表不恰当的言论。

我还清楚地记得，自民党干事长二阶俊博在二〇一八年六月发表过这样一番言论：

“近年来，有些人的想法实在很自私，认为不生孩子更幸福。”

“为了让大家过上幸福的生活，所有人都应该多生孩子，这样国家才会繁荣。”

他的发言令我不由得怀疑自己是不是回到了战争年

代。一个人选择不生孩子，或者生不了孩子，可能有种种原因。结婚与否、生育与否本就是个人自由，由于收入、年龄或其他因素无法生育的也大有人在。政客难道不该多听听这些人的声音吗？

一想到这样的言论竟出自日本执政党高层，我就失望又无奈。

改元“令和”之后，类似的言论也层出不穷。二〇一九年五月，时任奥运担当大臣、素有“失言百货店”之名的自民党议员樱田义孝在千叶市的某场宴会上提到了少子化问题，并呼吁来宾：

“请各位要求子女和孙辈，每人至少生三胎！”

这样的言论招来了各方的批判。那天他还表示：“最近自认为不需要结婚的女性越来越多了。”很显然，他的言外之意是“不结婚便等于大逆不道”。这种话与其说出自政客，更像是出自在红白喜事上碰到的那种口无遮拦的亲戚大叔。

二〇〇三年，时任首相的森喜朗如此说道：“有些女人连一个孩子也不生，随心所欲、讴歌自由，老了又要用纳税人的钱来养她们，简直岂有此理。”二〇〇七年，时任厚生劳动大臣的柳泽伯夫称“女人就是生育机器”，掀起轩然大波。

观念陈腐并非男人的专利。二〇一七年，参议院议员山东昭子称“希望厚生劳动省对生育四个或更多孩子的母亲进行表彰”。很难想象，“为国家生孩子”这一观念早已远远落后于时代，如今却依然频频出现。

发表这类言论的政客大多六七十岁，这一年龄段的人正是三四十岁那一辈的父母，也最热衷于代理相亲。他们一生都活在“女人就该结婚生子”的观念之中，不愿去理解时代的演变，更倾向于直接否定不结婚的人的一生。

对他们来说，说那些话或许并非失言，而是发自内心。观念陈腐的人想让女性为出生率下降承担全部责任。可是，让大量的女性被婚育压力摧垮，这不更是地狱般的图景吗？

日本政客如果不及时扭转观念，少子化问题只会越发严重。在采访过程中，我也接触到了一些颇有见地的议员（以年轻议员为主）。他们党派不同，性别不同，但都很关注出生率下降的问题，对婚恋观多元的社会有着深刻的理解。也许改写日本政治格局的第一步，就是有选举权的年轻人仔细审查议员的政见，积极参与投票。

*

第四章将围绕“生育”展开。在日本，这个话题总是和“婚姻”联系在一起。井上词子记者采访了几位不受传统观念束缚，在成为母亲的漫漫长路上不懈努力的女性，她们有的选择冷冻卵子，有的则主动当起了单身母亲……

在如今的日本社会，奉子成婚的艺人仍会被批评“不按顺序办事”，不过批判的声音已不如以前那般严厉刺耳。在这样的大环境下，大众并没有给上述这些女性足够的理解。但是，从今往后，伴侣、夫妻与家庭的形式或许会变得更加多样，我们有理由去了解各种选项。

“我希望成为母亲”——但愿这些女性的殷切渴望，能为各位读者带去些许触动。

第四章

盼望成为母亲

井上词子

新的选项

在日本，“未婚化”和“少子化”几乎是同义词。

我时常听到女性朋友这样说：“我是想要孩子的，但没有合适的结婚对象，所以生不了。”这背后的观念其实是：只有先结婚，建立起收入不低于“一般水平”的家庭，做好万全的准备，才有资格生儿育女。

尽管日本社会的价值观正日趋多元化，许多人的生育观念依然保守，这可能是因为他们对养育新生命一事抱有强烈的责任感。人们总是认为“未婚生子”就要自己承担全部后果，并且对别人结婚、怀孕的顺序指指点点。日本女明星在宣布结婚时，甚至往往还要声明自己没有怀孕。

另一方面，生育存在年龄限制，即使生殖医学日新月异，这一障碍也无法突破。近年来，“男性不育”受到了更多的关注，但直到不久前，人们还是把不孕不育的责任归给女性。这也是许多二三十多岁的女性急于结婚的原因。问题在于，如果一个人希望结婚就能结婚，日本就不会发展成未婚社会了。在过去，日本女性若是结不了婚，就只剩两个选择，要么放弃生育，要么被动成为未婚母亲，除此之外别无他法。

不过，随着医疗技术进步、女性广泛参与社会生产，一些新的选项出现了。如今的日本女性既可以冷冻卵子以备不时之需，也可以主动选择未婚生育。

不过，在生育观念依然保守的日本社会，做出上述选择的人仍是少数，而且很有可能被视为离经叛道。得知这些选项的存在时，我的反应首先是惊讶，然后便想知道“到底是什么样的人出于何种原因做了这样的选择”，由此产生了采访她们的想法。

很多人都会对新事物和不寻常的人生道路产生兴趣，但亲身实践的只是少数。接下来，我便向大家介绍几位为了抓住希望勇敢迈出第一步的女性朋友。

冷冻卵子

二〇一六年六月，NHK 播出了一档关于“卵子的妊娠适龄期”的节目，让我意识到生育期限的存在。当时我正在公司值班，办公室里的电视几乎二十四小时开着，而我立刻就被这个节目吸引了。

节目提到，卵子会随着女性年龄的增长不断老化。一旦超过三十五岁，无论身体的健康状况如何，受孕概率都会急剧下降。当年我刚过三十岁，几乎没考虑过生育年龄限制的问题。再加上四十多岁明星怀孕生子的新闻屡见不鲜，很多人或许都隐约持有一种印象：生育年龄期限已经大大延长了。

看了那期节目后，对生育年龄抱有毫无根据的乐观心态的人，大概都被浇了一盆冷水。我就此明确意识到了生育最后期限的存在，“三十五岁是女性的生育大限”这一观念也是从那时起日渐深入人心。

与此同时，我还听说了一个极具震撼力的词语——冷冻卵子，简称冻卵。

顾名思义，这是一种人工采集卵子，并将其冷冻储藏的技术。它原本是面向未婚女性的应急措施，用于应对生殖功能因治疗癌症或其他原因而恶化的情况。但近年来，受媒体报道等因素的影响，人们逐渐意识到卵子会老化，于是许多身体健康的女性也开始利用这项技术未雨绸缪。Facebook、苹果等美国大型企业为员工报销冻卵费用的新闻也引起了公众关注。

“冻卵能否解决生育期限的问题？”

“冻卵是不是破解少子化的良方？”

在采访之前，我隐约产生了这些想法。于是我将冻卵技术的出现视为未婚社会的典型现象之一，纳入了采写范围。

给时间按下暂停键

我首先采访了家住大阪的森田久美（四十岁，化名）。我是在某妇产医院主办的免费咨询会上认识她的。参加咨询会时，她已经基本明确了冻卵的意向，不久后就做了手术。

*

二〇一六年十二月二十五日，星期天。这天夜晚，全世界都沉浸在圣诞节的气氛中，三十九岁的久美则要独自前往大阪市的一家妇产医院。单身的她将在两天后进行冻卵手术，需要先去医院打针促进排卵。她已经连续打了整整八天促排针，卵巢在药物的作用下肿胀起来，裙子都变紧了。

“大过节的，我这是图什么呢？”久美如此自问，同时眼泪盈眶。

久美在三十八岁那年第一次听说了冻卵技术。再往前推两年，她已在一家婚介机构注册，却一直没找到合适的对象，心里十分焦急。

“我想让父母开心，必须生孩子。”

她记得，大概是在三十五六岁时，她突然产生了这样的使命感，并且日渐强烈。

至于是否真的能靠冻卵生下孩子，她也并不完全确信。但她已经不想每次来月经时，都为“卵子又变少”而焦虑了。

抱着冻卵后能稍稍安心一些的想法，久美决定在四十岁生日来临前接受手术。

十二月二十七日，她按时躺进了手术室，心中百感交集。一方面，她为不必再来医院折腾而感到如释重负；另一方面则是不安和难以名状的尴尬。医生给她做了麻醉。大约十五分钟后，手术就结束了，当天即可回家。

医生采集了十二颗卵子，存放在液氮罐里。久美计划只存两年。由于冻卵项目不在医保范围内，久美一共需要支付六十多万日元的手术费和储存费，尽管如此，她的心情确实得到了纾解。

“我会继续变老，但那十二颗卵子的时间暂停了。”

久美收获了安全感，但也承受了一些意料之外的麻烦。比如术前，她每天都得去医院打促排针，这一过程远比想象中辛苦，既会给身体造成较大的负担，又很耗费时间。

“有这种时间和精力，还不如用来找结婚对象。我不后悔，但也受够了。”

妇产医院每天都要接待形形色色的患者。久美做完手术，躺在床上休息时，听到医院工作人员对隔壁床位的病人说：“您还是跟丈夫商量一下吧。”她顿时感到难过，心想：“我一个人在这儿折腾什么呢？”

久美长相美丽，为人亲切随和，却也会因为年龄增长而倍感压力，焦虑到夜不能寐，最终欣慰地表示“我把卵子的时间暂停了”。这件事给了我不小的震撼。她充满感慨的话语至今烙印在我的脑海中。

不过，久美告诉我，因为注射药物、来回跑医院过于耗费精力，她已决定未来不再冻卵，宁可把心思用来物色合适的伴侣。

冻卵能带来安全感，却无法从根本上解决问题——我真切地感受到了她的复杂心情。

年龄的壁垒

人们对冻卵技术寄予厚望。二〇一七年我开始采访时，大阪市奥克住吉妇产医院举办的免费咨询会几乎场场座无虚席。毕竟，冻卵作为划时代的先进技术引起了不少关注，媒体也不时报道海外企业为员工报销冻卵费用的新闻。

然而，冻卵也存在年龄限制，知道这一点的人却寥寥无几。

二〇一七年，我因采访结识了佐藤栞（四十六岁，化名），她也出于对年龄增长的担忧做了冻卵手术。栞家住关西，是公司职员，给人以安静、文雅的印象。向我描述自己摇摆不定的心境时，她的遣词造句也颇为严谨。

*

二〇一七年一月的某天，栞准时下班，前往常去的妇产医院。

去医院和回家是两个方向，中间需要换乘好几趟车，颠簸一个多小时。两年多来，为了冻卵，她每个月都要在家与医院之间奔波一次，而她的最终目的，是为有朝一日结婚生子做准备。

栞第一次做取卵手术是在二〇一五年春天。她没有打针强行增加排卵数量，而是选择了一种更自然的促排方法，最后通过手术采集到了两颗卵子。为了减轻身体的负担，她每做一次手术都会休息一段时间，至今已经冷冻了十颗卵子。

栞是通过二〇一二年的一档电视节目了解到了冻卵技术的存在。因为时常目睹明星高龄产子的新闻，她一直将四十多岁生孩子看得稀松平常，得知卵子也会老化时很是惊愕。出于对新技术的担忧，她起初不敢冒险，最后考虑到自己已经四十五六岁了，才不再犹豫。母亲对此很担心，但她还是决定放手一搏。

琹为两年多的冻卵项目花费了近四百万日元，但她相信这是值得的。

“如果什么都不做，卵子只会不断老化。尽量把它们维持在年轻一点的状态，我就算是尽力了。”

然而，对于四十多岁的人是否应该选择冻卵，存在种种争议。

高龄怀孕与分娩伴随着更高的流产率与染色体异常的风险，对母体造成的负担也更大。日本生殖医学会的意见是：“不建议四十岁以上的健康女性取卵，也不建议四十五岁以上的女性利用冷冻的卵子怀孕”。

但日本政府并未出台硬性规定，具体的年龄限制取决于各家医疗机构。奥克住吉妇产医院就有面向四十岁以上女性的冻卵服务，该院的医生船曳美也子表示，这是由于女性存在巨大的个体差异。

“女性的生殖机能确实会从绝经前十年开始下降，但有人三十多岁就绝经了，也有人五十多岁才绝经。四十多岁成功怀孕的例子也存在。”

不过，怀孕的概率与年龄成反比也是不争的事实。

至于取卵手术要做到什么时候，卵子要存放多久，琹也感到矛盾。

“考虑到风险和对身体造成的负担，医疗机构会限制年龄也在所难免。我要是早点知道这个办法就好了。”

但即使后悔，时间也不会倒流。唯一能做的，就是做出当下最适合自己的选择。

*

我很犹豫要不要把栞的经历写成报道。新的生殖技术总会引发种种争议。人工授精如今已被广泛应用于不孕不育的治疗，但“试管婴儿”一词最初是带有讽刺意味的。超过医学会建议的年龄却仍然选择冻卵，当然也会遭到一些人的批评。而且在如今的互联网社会，争议的火种一旦被点燃，当事人就可能遭受无休止的激烈抨击。

栞自己也很担心自身经历见报的后果。

但另一方面，我也觉得有必要让更多人明白冻卵不是万能的。而且，这个案例为日本的性教育提供了全新的视角：现有的性教育只普及避孕知识，却绝口不提生育的年龄限制（一味宣传名人高龄产子的大众媒体也负有一定的责任）。最终，我征得栞的同意，刊登了她的经历。幸好读者并没有像我们担心的那样抨击栞的选择。不过，从另一个角度来看，冻卵分明是全额自费的项目，当事人却仍然面临被抨击的风险，这也是冻卵议题的特殊之处。

近年来，“性健康和生殖健康及权利”的概念从发达国家开始向周围普及，其主旨是“每个人在与自己身体相关的事情上都享有决定权”。比如在“生不生孩子”“生几个”“什么时候生”等方面，每个人都有权自己做决定。

但生育毕竟关系到他人的生命，所以也有人认为它超出了“个人自由”的范畴。个体自由和保护生命之间如何取得平衡——生殖医疗的发展始终伴随着这个极度微妙的问题。

地方政府也寄予厚望

也有一些地方政府将冻卵视作遏制少子化的一线希望。千叶县的浦安市便是其中之一。

二〇一五年，浦安市出台的生育激励政策震惊了日本社会。市政府决定拨款补贴顺天堂大学医学部附属浦安医院，供其针对本市健康女性的冻卵项目开展研究工作。政府出资支持健康女性冻卵的例子放眼世界都非常罕见，因此这一举措引起了日本国内外媒体的高度关注。

这一补贴计划持续了三年（二〇一五至二〇一七），金额最高的一年达到了九千万日元。对于有意参与项目的女性，医院可免除通常高达四十万日元的费用。截至二〇一七年二月采访时，约有二十名女性接受了冻卵手术。

浦安市的政策有一大特征：要求冻卵女性的年龄在三十四岁以下。提议设置年龄限制的浦安医院菊地盘副教授解释了此举的意图，“我们希望通过限制年龄，促使人们产生‘要趁年轻尽快行动’的意识。”

许多人低估了怀孕和年龄之间的相关性。浦安市这一政策之所以严格限制年龄，正是对这种倾向产生了危机感。菊地副教授称“日本是全球第一的体外受精大国”。正如他所言，越来越多的日本人在为不孕而烦恼。

问题在于，接受不孕治疗的女性大多在四十岁以上，而三十五岁以上的初产妇已经是高风险的“高龄产妇”了。根据日本妇产科学会在二〇一四年发布的数据，三十四岁以下女性的试管婴儿手术成功率约为20%，四十岁以上的却不到10%。

菊地教授对大量四十岁以上女性接受不孕治疗、做冻卵手术的现状颇感沮丧。

他指出，日本人对最佳妊娠年龄缺乏认识，“学校的性教育大都在强调避孕，却没人告诉学生卵子老化的知识与不孕症的危害”。

没有人可以责怪那些在不知不觉中上了年纪，只能求助于生殖医学的女性。但是冷冻不再年轻的卵子确实收效甚微。所以院方设置了年龄限制，目的是向大众释放“越早越好”的信息。

即使意识到了生育的年龄限制，人们也未必能在最合适的年纪生儿育女。越来越多的年轻人从事着不稳定、低收入的非正式工作，且劳动时间过长，晚婚晚育的趋势因此愈发明显。

在浦安市，有意参加冻卵项目、出席了说明会的女性中，足有三分之一最终因工作而放弃。

“这就是日本的问题所在。如何为女性创造可以趁年轻生孩子的条件，是整个社会都需要考虑的。”

菊地副教授每天都在接待渴望孩子的女患者，因此深有感触。

*

浦安市的补贴项目于二〇一七年如期结束。菊地副教授告诉我，在项目实施期间，共有三十四人冻卵，其中几人正尝试利用冷冻的卵子受孕。采访时，我刚好三十五岁。虽然我也认为设置“三十四岁以下”这一年龄限制不无道理，却还是前所未有地感受到了年龄的重压。

可即使如此，仍有不少年轻女性因为工作不得不放弃冻卵。理论上，如今除了少数特殊职业，大部分工作本身并不需要女性推迟婚育计划。这部分女性之所以放弃，或许还是人手短缺、劳动时间过长等职场环境因素所致；也可能是因为，三十岁出头的人才刚刚体会到工作的乐趣，不想离开岗位。不过，受疫情影响，日本社会迎来了工作方式与价值观发生转变的关键时期。一些诊所接待的冻卵人数有所增加，这可能是因为居家办公日渐普遍，工作时间变得更灵活了。我们由衷希望社会能朝着更加人性化的方向发展。

主动成为单身母亲

如果想要孩子，却没有结婚的计划，“未婚生育”也是一个选项。在日本，人们通常认为“未婚妈妈”是因为有苦衷才被迫选择了不结婚。然而放眼世界，尤其是欧美国家，很多地方早已不再戴着有色眼镜看待非婚生子女。早在二十世纪八十年代，美国女性就开始倡导这种生活方式，并自称为“主动单身母亲”。近年来，日本女性越来越独立，不再有趁早结婚的必要，也有人表示“不想勉强走进婚姻，只是想要孩子”。我猜想，选择未婚生育的人也许会有所增加。了解到日本也有主动单身母亲群体后，我便决定围绕她们进行采访。

这部分女性不受婚姻制度束缚，按自己的意愿怀孕生育。之所以做出这样的决定，与她们抱持的家庭观有着很大的关系。

亲情不需要“制度”维系

藤波塔子（四十八岁，化名）是我采访的第一位主动单身母亲（二〇一八年）。她一边经营自己名下的公司，一边养育独生女，强势的职业女性气质中透着一丝母性的柔情。她遇到了理想中的对象，决定生下属于他们的孩子。但由于双方都很忙碌，生活节奏难以协调，她最终选择了未婚生育。

*

二〇〇七年二月，塔子生下了女儿。未婚生育的决定，是她与当时的男友岛田哲（化名）商量后最终做出的。

塔子的父母离了婚，但一家人依然保持着不错的关系。因此她持有“家人之间的纽带不需要制度来维系”的观念，一直没有结婚的意愿，对生儿育女也并无兴趣。然而与男友相爱后，她的态度发生了很大的转变。

“我本能地爱上了他，觉得一定要留下他的基因。”

但男友阿哲并不想要孩子。于是塔子开始了漫长的劝说。阿哲起初不为所动，最后还是被她的热忱改变了想法。他们也考虑过“事实婚姻”这种生活方式，却无法在工作、生活安排等方面为彼此妥协。最终，阿哲让步了，同意塔子在不结婚的状态下生育二人的孩子。孩子的名字是他们商量着取的。女儿出生几年后，他们分手了，但在确认父女关系、支付赡养费等方面二人没有闹过矛盾。

阿哲经常去国外出差，所以即便在分手前，他与塔子母女相处的时间也有限。塔子当时刚创业不久，还要照顾婴儿，经历了一段非常难熬的日子，但她从未产生过“有丈夫帮忙就好了”的念头，而是认为：“如果我结了婚，就不得不做更多家务，反而会更辛苦。”

女儿绫香（十一岁，化名）从小就听母亲说，她的父亲不和她们一起住，但这不是问题，世上本就有各种各样的家庭。直到现在，绫香每年生日都能收到父亲送的礼物。

像塔子这样自愿在没有配偶的情况下生育的女性就被称为“主动单身母亲”。这个起源于美国的概念在日本不太有名，不过法人组织“女性与育儿研究所”的代表高田真里等人创建了一个主动单身母亲研究交流小组，近年来该小组受到了越来越多的关注，咨询量直线上升。

该组织于二〇一八年三月举办了一次单身母亲交流会，共有七位三四十岁的女士参加，其中有的还在考虑，尚未有行动。大多数人与男友生下了孩子，也有人借助了外国的精子库。

高田代表表示：“目前不是任何人都能选择这种生活方式，毕竟单身母亲需要有人帮忙照看孩子，或者有足够的经济实力雇保姆。”

但她补充道：“婚姻并非最终目的，而是一种手段。如果你有明确的人生规划与事业规划，未婚生育也未尝不可。”

高田代表告诉我，尽管目前疫情越来越严重了，她仍然收到了大量的咨询邮件与入组申请。组员们也会自发组织线上交流会。

塔子对她的选择既自信又坦荡。这大概是因为她有自己的事业，而不是围着家庭打转。我时常听到女性朋友感慨，只要有足够好的抚养条件，即使单身也会考虑生育。然而，二〇一九年的厚生劳动省国民生活基础调查显示，日本单亲家庭的贫困率高达48%。单身母亲的家庭处境更是艰难，收入普遍较低，感觉“生活困苦”的家庭高达近87%（详见图2）。由于经济原因被迫放弃生育的人不在少数。我感到，日本有必要对工作方式和社会制度做出调整，以免独自抚养子女的女性陷入困境。

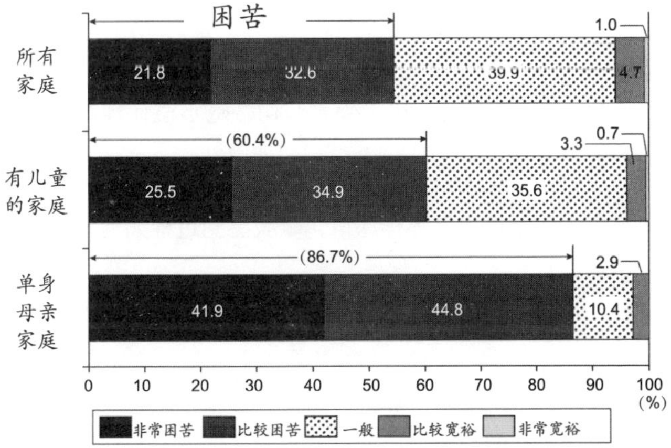

图2　生活困苦的单身母亲家庭

本图根据厚生劳动省《二〇一九年国民生活基础调查概况》制成

为孩子物色父亲

塔子想与心仪之人生下孩子，有些人却是为了要孩子而物色孩子的父亲。

二〇一八年，我认识了特立独行的加藤结子（三十二岁，化名）。她性格随和、待人亲切，毫不避讳地与我分享了自己那称得上令人瞠目结舌的生育经历。不过，她望向孩子睡颜的目光是那样深情，令我感到过程如何，也许并不重要。

*

家住关西的结子在二〇一七年九月生下了大女儿。

她没有结婚，但在二十九岁时有了生孩子的想法。之后的一年多里，她探索了各种可行的办法。如今，她在母亲和朋友的帮助下抚养孩子。

萌生要孩子的想法时，结子正与当时的男友住在一起。但男友的生活方式很混乱，她无法想象和这样一个人走进婚姻。

“我想要孩子，但不想帮有问题的男人料理生活。”

几个月后，结子结束了这段关系，开始为孩子物色更合适的“父亲”。

她先联系了一位是公司职员的朋友，提出以怀孕生子为目的与他交往。

“不行！”对方断然拒绝。

后来她又接触了几个人，然而在确定关系之前就提出想要孩子确实太过突然，容易吓退对方。她也曾和情投意合的人同居，但双方的婚姻观不合，没能走到最后。尽管又以失败告终，但她并没有放弃。

二〇一六年秋天，结子遇到了小山真（三十一岁，化名）。他完全符合结子的理想型。结子决定：“就是他了！”

第三次见面时，结子便对他表达了好感。根据以往的经验，她没有急于求成，而是谨慎地表示自己有生孩子的意愿。阿真的反应很平淡，但没有明确拒绝。

二〇一六年十二月下旬，结子怀孕了。父母很高兴，他们知道女儿一直想要孩子。不过，尽管结子早就告诉过阿真，不会因为孩子的事给他添麻烦，阿真得知这一消息时还是惊愕又慌乱。

后来，结子知道了孩子的性别，也更加真切地感觉到自己即将成为母亲。她心中的期待不断膨胀，激动地等待着梦想成真的那一刻。阿真起初对此比较消极，但在陪同结子做产检的过程中，他的态度有所缓和，最后还陪产了。

另一方面，结子对婚姻制度的质疑也更深了。日本法律规定，夫妇必须使用同一姓氏，通常是女方冠夫姓。但她喜欢自己的名字，不想失去它，也不想剥夺对方的姓名。她认为："这种制度非要夺走陪了你三十多年的名字，实在令人沮丧。"

去医院做检查时，身边有人陪伴会更加安心。但这并不代表结子希望结婚。她确实需要一个亲密度适中的伴侣，却希望和朋友们一起抚养自己的孩子。怀孕期间，结子跟阿真商量后决定不登记结婚，阿真也不需要办手续确认父女关系。

后来，他们有了第二个孩子，也一直没有步入婚姻，而是各自生活。

采访期间，我也和阿真聊过。他的想法有过变化，内心也曾充满矛盾，不过令我印象深刻的是，他在谈及结子时说："不管怎么样，我很感激她。"他们之间一定有过旁人难以揣测的亲密时光与情感交流。

结子选择了打破常规的活法，也许很难被大众理解。但我认为她是在用自己的方式赋予一切意义。从今往后，她必然也会全力以赴，经营自己形式独特的家庭。

精子库

除了与男友共同生育之外，也有人做出其他选择。

例如，漫画家华京院玲（三十二岁，笔名）曾公开表示自己是主动单身母亲，借助海外精子库独自完成了怀孕生子的全过程。

*

如今，越来越多的女性朋友开始关注海外精子库。家住关东的漫画家华京院玲便是其中之一。因为意识到自己是“无性恋者”（无性恋者属于性少数群体，特征是既不爱男人，也不爱女人），她不想结婚，但想拥有血脉相连的家人。

小玲从小就对性别感到别扭。她对女孩的游戏不感兴趣，也不想当男孩。长大些后，无论男女都无法对她产生性吸引力，周围人的爱情故事也无法引起她的共鸣。长年以来，她都为这种隐秘的取向问题所困扰，二十岁后才清楚地意识到："原来我是无性恋，对男人或女人都不会产生心动的感觉。"

与此同时，小玲的人生出现了转折——她的父亲因中风倒下了。

"这样下去我就要变成一个人了。我希望能有家人陪伴左右。"

作为独生女，小玲心中产生了对家人的强烈渴望。她考虑过领养孩子，但做过功课后发现，单身人士很难满足领养条件，于是她只能做出一个决定：自己生。

除了借助精子库，小玲没想到其他途径。她从二十七岁开始收集相关信息，了解到日本没有可供单身女性使用的精子库。虽然有一些人愿意免费捐赠，但她出于种种顾虑，还是决定使用美国的精子库。

精子库网站上公布了捐赠者的情况，包括种族、身高、学历等个人信息。小玲本想找亚裔捐赠者，但当时没有合适的人选，只能退而求其次，将条件放宽到没有病史、能在孩子十八岁时取得联系。

而这种服务的需求量之大，完全超出了她的想象。

注册该网站的捐赠者并不少，但缺货是常态，每次一有身体健康且条件优越的捐赠者出现，便会遭到哄抢，以至于小玲不得不用排除法进行筛选。“我是第一次见识到这种场面。”小玲不无震撼地说。

二〇一五年十一月，小玲进行了第一次尝试。这笔订单包括邮费在内的费用约为三十万日元。通常下单后，精子会以冷冻状态寄来。买家需要自行解冻，抽到针筒里，再注入子宫。

这样是否真能怀孕，小玲也是半信半疑。她以平静的心态独自操作。第一次尝试虽以失败告终，但她并未气馁，第二个月再接再厉。一个月后，她发现自己怀孕了。二〇一六年秋天，她的孩子出生。

在日本，有关精子捐赠方面的法律并不完善，所以单身女性只能求助于个人志愿者，或是像小玲这样使用海外精子库。

“其实日本有很多人希望能使用精子库，她们的需求完全被忽视了。”小玲对此愤愤不平。她希望政府认可这个群体的存在，完善相关法律。

“有了新的家人后，生活发生了翻天覆地的变化。我现在很幸福。”

要是孩子有朝一日问起自己的父亲是谁，小玲打算坦诚地告诉她这一切。

*

现在，小玲和女儿一起过得很美满。她有意再次借助海外精子库怀上孩子，并且已经开始尝试。小玲告诉我，她这么做的原因是，女儿以后或许会为自己的身世烦恼，她不希望女儿觉得自己是孤零零的。这一次，她对捐赠者的要求仍然是，希望孩子年满十八岁时联系得上对方。

截至二〇一八年采访时，日本还未针对涉及第三方的辅助生殖医疗行为（包括捐赠精子、卵子）制定法律。换言之，这是法律上的空白地带。直到二〇二〇年九月，菅义伟内阁成立，局势才发生转变，不孕治疗与生殖医学开始受到关注。政界迅速采取行动，在二〇二〇年十二月出台了关于亲子关系的《民法特例法案》。法案的中心思想是，如果女性利用第三方捐赠的卵子生下孩子，法律将认定接受捐赠的一方为生母，而非捐赠方。法案还明确规定，如果妻子在征得丈夫同意后使用第三方捐赠的精子生育，丈夫不能否认自己与孩子的亲子关系。这意味着“第三方捐赠”得到了法律的认可。

不过，上述法案没有明确规定孩子是否有权知晓自己的遗传学父母，也没有关于精子或卵子交易的限制条款。精子或卵子捐赠者的信息管理及披露机制也尚未建立。有关部门表示，专家将进行为期两年的深入探讨，从而得出最终结论。这个问题如何处理，很大程度上取决于政客的热情与时机，因此，法案能推进到何种程度尚不明朗。不过，随着日本社会的未婚化与晚婚化趋势愈演愈烈，使用第三方提供的精子或卵子生儿育女的人越来越多。若不采取措施，未来甚至可能出现“同一捐赠者的后代因不知情而结为夫妇”的情况。希望有关部门能考虑到这些孩子，尽快采取具体措施，规范整个环境。

另一方面，小玲虽然也使用了第三方提供的精子，但她的情况比较特殊：她没有结婚，而且借用了海外精子库。听她叙述自身经历的时候，我大开眼界。不过，她以怜爱的语气谈起自己的孩子时，与我见过的任何一位母亲都别无二致。

通过对单身母亲的采访，我深切地感受到，“幸福的家庭”并没有固定的配方。

她们都在为创造属于自己的幸福家庭不懈奋斗。

各自的选择

冷冻卵子的女性与主动单身母亲——不知大家对这两种选项有何看法?

这两个群体都盼望成为母亲，但采取了不同的方法。那些选择或正在考虑冻卵的人似乎都有很强的责任感，而且行事谨慎。主动成为单身母亲的人则给我留下了“对自己诚实、思想开放”的印象。

令我意外的是，冻卵群体中不乏已婚人士。一些人的想法是：

“虽然结了婚，但在收入稳定之前不太可能要孩子。”

“想给孩子生个弟弟妹妹。”

也有女性因为查出了某种疾病，希望在手术治疗前冷冻一些卵子备用。总之，冻卵的理由因人而异。

有人说，冻卵会使女性失去紧迫感，错过最佳婚期。但坦诚地讲，我不认为两者之间存在明显的因果关系。如果一个人能承受高昂的费用以及频繁去医院的麻烦，那旁人并没有理由反对。在采访结束后，我甚至都产生了尝试一下的念头。

不过，四年过去了，我并没有去冷冻卵子。

除了因为冻卵需要克服许多现实的障碍，更重要的是，我有了自己并非一定要生育的想法。通过日本的领养及寄养制度，以及其他种种有形无形的方式，我也可以养育一个孩子，帮助到儿童。

刚开始采访时，我的侧重点还是“如何应对少子化”。但在倾听大家故事的过程中，我意识到了一件理所当然的事：每个人都有权决定自己想要的人生。这世上本就存在想生却生不了的人群。有意愿生儿育女的人，大可权衡各种方法的利弊，自行选择。如果并不执着于生养孩子，静下心来品味自己的人生也未尝不可。无论选择哪条路，我们都应该予以尊重。

新冠疫情与新一届内阁

疫情彻底改写了我们的生活。正在择偶的人结识异性的机会变少，准备结婚的人婚期推迟，孕妇置身的环境也在不断恶化，承担的风险更大。二〇二〇年春天第一波疫情来袭时，有专家指出孕妇更容易发展成重症，以至于日本生殖医学会发表声明，要求医生们建议患者推迟不孕治疗（后来医学会又发表了一份声明，呼吁在采取防疫措施的前提下重启治疗）。越来越多的人推迟了生育计划。厚生劳动省的数据显示，二〇二〇年一月至十月上报的怀孕人数相比去年同期减少了约5%。二〇二一年一月，厚生劳动省又针对孕妇的重症风险做出了官方说明："没有基础疾病的孕妇与非孕妇在重症风险上并无区别（患有呼吸道传染病的除外）。”

然而，在饱受日本各地医疗体系疫情冲击的大环境下，大量医院已无力接纳急诊患者，人们更加不可能放下心来怀孕生子。

不过我们也能看到一线希望。二〇二〇年九月成立的菅义伟内阁有意大力扶持不孕治疗项目的发展。从二〇二一年一月开始，政府将大幅扩充不孕治疗费用补贴，并争取在二〇二二财年将相关项目纳入公共医保。对于扩大医保覆盖范围一事，人们的意见并不一致，可能扩大到什么程度也尚不明朗，但政府明确表态支持，还是值得赞扬。

菅首相恐怕也不认为仅靠支持不孕治疗就能解决少子化问题。他还计划采取一系列其他措施，包括增设保育设施以减少待机儿童[①]；创设“男性版产假制度”，如允许丈夫与妻子一起休产假等。不过最终效果还无法预测。少子化是一个错综复杂的问题，是就业不稳定、劳动时间过长、收入低、人口集中在城市等多重因素共同导致的结果，若无毅力逐一击破，就无法创造可以让人们安心生儿

①“待机儿童”是指0~6岁间需要进入保育所，但由于设施和人手不足等情况只能在家排队等位的幼儿。

育女的环境。在我看来，加深对不孕治疗的理解并提供财政支持，正是政府为之采取的一大行动。

我认为，目前职场对生儿育女的员工已经予以更多的理解，当事人行使自己的权利也更容易了。不过，认为不孕治疗是“私人问题”的观念依然根深蒂固。许多当事人不愿透露自己正在接受治疗，没有经历过的人也很难想象其中的艰难。

不孕治疗需要投入大量的金钱、时间、体力与精力，过程充满艰辛。我经常听女性朋友表示，“很难兼顾治疗与工作，但不工作就无法负担治疗费用”。不孕治疗并不需要持续终身，企业与职场理应多予以包容，支持员工度过这一特殊时期。如今，晚婚化的趋势日益明显，不孕治疗的重要性更加不言而喻。如果女性仍然不得不在工作和治疗之间做出选择，那么解决少子化问题便是遥不可及的梦想。

尽管也有人嘲讽菅首相推出上述政策是为了“讨好选民”，但一国首相明确表态“不孕治疗重要且必要”也是非常有意义的一步，其效果值得期待。

*

本书的最后一章将聚焦“令和时代的恋爱与婚姻”。随着持续了三十多年的平成时代画上句号，日本人迎来了名副其实的新时代。大量情侣希望趁改元之际开启人生新篇章，因而结婚对数在二〇一九年五月呈现爆发式增长。但次年五月，由于疫情扩大，日本政府发布了紧急事态宣言，又致使结婚对数骤降。人们结识异性的方式也发生了巨大变化。

筋野茜记者将在最后一章为大家介绍新时代的婚恋市场。通过她的报道，我们能感受到那些利用新技术与新创意寻觅良缘的人是多么顽强。

第五章

令和时代的恋爱与婚姻

筋野茜

平成JUMP

不知各位是否听过“平成JUMP”这个词？一些读者或许会联想到杰尼斯事务所旗下的人气组合“Hey! Say! JUMP[①]”。不过在网络平台，“平成JUMP”专指生于昭和时代，整个平成时代都没有结婚就迎来了令和时代的人。简而言之，就是以未婚状态“跳”过了平成时代的人。

自二〇一七年秋天日本媒体开始报道平成天皇退位的具体日程，“平成JUMP”一词就在推特等社交媒体上火了起来，不少网络媒体也做了报道。二〇一八年底，NHK新闻的官方推特账户发布了一段关于年轻人的视频，配上了这样的文字：“你有没有听说过‘平成JUMP’？”

① “平成”在日语中的发音与“Hey！ Say！”相同。

NHK发布视频的初衷是与网友探讨“在这个多元化的时代，你如何看待‘平成JUMP’现象”，却收到了大量的负面评论，有的说他们“公然歧视”，有的斥责“报道质量低下”。通过这件事，我们也能看出与婚姻相关的话题多么敏感，报道起来多么困难。

但仔细翻阅当时的推特评论，我发现网友（三十多岁居多）的反应并不都是负面的，也有不少人表示“再这么下去我就要平成JUMP了”“妥妥的平成JUMP！”。还有人留言说“四舍五入我也是J家爱豆了”“这个谐音梗昭和味很浓，我喜欢”，似乎乐在其中。

这些网友自嘲并快乐着，充分体现了人们对新时代的期许。“JUMP”一词本身也颇有跃动感，透着积极向上的意味。如果换成“平成Through”，说不定感到厌恶的人会更多。

日本人对令和时代的期待也体现在了结婚数据上。

据厚生劳动省统计，二〇一九年五月（即改元当月）的结婚对数约为9.2万对，是前一年五月结婚对数的两倍。不少准夫妇把结婚登记的时间安排在了新旧年号交替之际，这股“令和婚热潮”也吸引了各路媒体的关注。

遥想三十多年前，平成时代伊始之际，“婚活”这个词甚至根本就不存在。又有多少人能料到双职工家庭的数量会超过全职主妇家庭？什么样的婚恋模式会成为令和时代的“标准”？

我们希望通过采访，了解到新潮流与新趋势，勾勒出一幅新时代的未来蓝图。

如果德川家康开口说“你属于我”……

“能跟织田信长谈恋爱哦！”

去年，我参加了一个学习小组，成员清一色全是女性。谈及婚恋话题时，一位和我年龄相仿的组员语出惊人，令我目瞪口呆。

“还可以劈腿明智光秀”“生日那天能收到最爱的武将发来的信息”……听了她的话，包括我在内的组员都有些跃跃欲试。

其实那位组员是在谈论一款恋爱手游，游戏中玩家可以“攻略”战国时期的武将。即使知道她说的是游戏，我也很难将“战国武将”和“恋爱”两个词联系起来。那款游戏叫“天下统一恋之乱”（Love Ballad），简称“恋乱”，由一家名为“Voltage”的公司出品。我决定下载到手机里玩玩看。我平时不玩游戏，所以毫无背景知识。

简而言之，游戏玩法是这样的：玩家代入女主角的身份，体验不断展开的恋爱情节，感觉有些像在看少女漫画。再加上由著名男性配音演员演绎角色，可以说这款游戏融合了动画、漫画和游戏的特点。

我先从游戏的“序章”玩起。可选的恋爱对象足有十多个，除了之前提到的织田信长，还有丰臣秀吉、伊达政宗和真田幸村等。甚至还有真田十勇士之一、著名的伊贺忍者雾隐才藏。

提起“战国武将”，很多日本人首先想到的，或许是历史教科书里的“肖像画”。德川家康“老狐狸”的绰号也深入人心。游戏中的德川家康却是个一头金发、说着现代口语的帅哥，还会用“你属于我”之类令人脸红心跳的台词表达爱意。

每个角色都有详细的设定。比如二〇二〇年因古装正剧而备受瞩目的明智光秀，根据官方简介，他在游戏中的性格特征是“对谁都很真诚、过分善良”，最喜欢的食物则是“木鱼花饭团”。

因为在课堂上会学到，日本人都非常熟悉战国时代的历史。近年来，年轻演员在古装剧中饰演武将的情况也颇为常见。不少旅游景点还有专人扮演英俊武将（比如名古屋的“迎客武将队”），并且广受欢迎。因此，就大环境而言，日本女性已经很容易就能接受武将文化。

玩家在推动故事情节的过程中会遭遇“爱的考验”（任务），比如必须借助打扮提升自己的魅力、通过关卡，否则就无法继续前进。而玩家做出的选择也会影响自己与游戏角色的亲密度、角色对自己的好感度，这些都左右着最终结局。据我所知，哪怕玩家花许多时间来打游戏，也未必能获得“两情相悦”的圆满结局。游戏本身是免费的，但付费可以解锁特殊剧情，或是在角色过生日时参加更有趣的活动。

一开始，我觉得游戏还算有意思，却并没有产生“和游戏角色热恋”的感觉。因为我认为这一切仅是“二次元”世界的故事，只要关闭程序就结束了。

令我想不到的是，这些战国武将们跳出屏幕，来到了现实世界。Voltage 一直致力于举办线下活动，而在二〇一九年，他们竟然策划了一场“结婚登记活动”。玩家只需支付五百日元，就能和心仪的游戏角色“领证”。整个过程认真严肃，登记表上有填写姓名和户籍地址的空栏，工作人员还会盖章确认。“手续”办妥后，玩家会收到游戏角色发来的留言卡片。恋爱游戏已发展到玩家可以在游戏之外的世界与角色结婚，实在令我惊愕。

此外，Voltage 还在东京、京都等地开设了主题餐厅，整个空间根据游戏的世界观布置装饰，玩家可以在其中享用美食。餐厅内摆有真人大小的角色立牌，令玩家产生仿佛在与游戏角色约会的感觉。当场还销售徽章、角色卡片等周边产品，生意火爆。

“老公和纸片人，你更爱哪个？”

我采访了一位德川家康的女粉丝。

出现在碰头地点的小遥（三十一岁，化名）家住千叶县，是一名销售员。她身材娇小，散发着“治愈系”的气质。当我问起她认为“恋乱”的魅力何在时，她立刻热情洋溢地说：“家康大人平时很酷，但也有温柔的一面，这种‘傲娇’很迷人！”小遥两年前已经结婚，对方是她的初中同学。我曾以为玩恋爱游戏是部分单身女性的专利，这也再次让我意识到，自己对恋爱游戏有偏见。

小遥早在大学期间就已是 Voltage 公司的铁杆粉丝，而当时还很少有人使用智能手机。游戏精心设计的情节与角色深深吸引了她。直到现在，她每天仍要花一两个小时玩游戏。碰上家康的生日等特殊活动，她也可能一天之内就充值好几万日元。除了“恋乱”，她还玩 Voltage 推出的其他游戏，所以参加线下活动时，常会花费十几万日元购买周边。这些钱都是她从工资里省下来的。她把和心爱角色的结婚证装在盒子里悉心保管，如同对待传家宝一般。拍婚纱照时，她还特意选了黄色的日式罩衣，因为这是家康的主题色。黄色罩衣不太常见，小遥笑着告诉我，“可是好不容易才找到的”。

小遥说她的丈夫是动漫迷，所以很理解她。不过，每次参加活动时，她都会摘下婚戒，换上和角色相应的对戒或吊坠。她觉得这么做有些对不起丈夫，所以一直没有告诉他。

小遥还会截图保存那些让人心动的台词。我问了一个比较刁钻的问题：“老公和纸片人，你更爱哪个？”思索片刻后，她面带微笑，语气肯定地回答：

“老公对我很好，我们从来不吵架。我也很珍惜他，对他没什么不满。二次元跟三次元不能相提并论。”

接着，她补充了一番话，给我留下了积极向上的印象。

“在现实世界里，没人会用那种直截了当又让人脸红心跳的话对你表达爱意，不是吗？我在游戏里有许多恋爱对象，跟老公也很恩爱，人生比其他人快乐许多倍，也充实许多倍，所以我觉得自己很幸福。”

*

对家住冈山县的单身女性裕子（四十四岁，化名）而言，“恋乱”无异于“精神支柱”。

自从四年前当上中层领导，她就一直无暇恋爱。她也曾被比自己年纪小的客户吸引，但考虑到立场尴尬，还是打消了进一步发展的念头。就在这时，她碰巧在网上看到了关于“恋乱”的报道，便开始玩游戏，与儿时曾在古装剧里看到过的伊达政宗展开了一段恋情。她告诉我，“我的心就像一片干涸的沙漠，是他带来了甘霖”。

“我向来很少接触少女漫画、偶像之类的东西。朋友和同事要是知道我在玩恋爱游戏，一定会很担心，所以我没让任何人发现，平时也只在家里玩。”

裕子同时在玩好几款游戏。得知游戏公司要举办玩家跟角色登记结婚的活动，她迫不及待地赶往东京，一口气买了十张登记表，“结婚”对象包括武将、贵族等。

“过了四十岁，现实中谈恋爱就很不容易了。别人都把你当阿姨看，让人很受伤。但游戏里的帅哥会对你说‘我不许你眼里有别人’‘这么可爱太犯规了’，让我有种重返青春的感觉。而且游戏里可以脚踏两三条船，即使搞砸了也能从头来过。”

通过对小遥和裕子的采访，我发现玩家们是一面脚踏实地地生活，一面享受与武将的恋爱。我本以为和游戏角色谈恋爱的感觉类似追星，却发现前者更有代入感。因为追星多数时候是单向沟通，而游戏玩家可以每天打开程序，和角色来些甜蜜互动，以女主角的身份推进情节。只要提前设置好，还可以让角色叫你的名字或昵称。日本的网络流行语把“让人沉迷的东西”称为“沼泽”。而“战国武将沼泽”似乎具有极强的成瘾性，一旦陷入就难以自拔。

我虽然下载了游戏，但很犹豫要不要继续玩下去。

还能跟贵族、妖怪谈恋爱

自二〇〇六年发布第一款面向手机用户的恋爱游戏以来，Voltage 至今已发布了百余款“恋爱剧情类 APP”。游戏的设定可谓五花八门，有些以中世纪宫殿为舞台，玩家可以与贵族和管家谈恋爱；有些游戏的恋爱对象甚至不是人类，而是各种妖怪。

总而言之，Voltage 一直在努力撩动玩家的少女心。我们找到机会采访了该公司的副社长东奈奈子。

*

——无论在手机游戏领域，还是在《心跳回忆》这样的单机游戏领域，恋爱游戏似乎都曾是男性玩家的专利。

您认为女性玩家越来越多的原因是什么呢？

东副社长：随着手机普及，玩游戏不再需要专门购买游戏机，这样一来女性就能轻易地玩上游戏。尤其是智能手机的出现，催生了大批优质游戏，给整个行业带来了重要的转机。

虽然女性正越来越多地参与社会生产，但她们中的许多人处于孤军奋战的状态，得一手担起工作、家务和育儿的任务。男人可以通过喝酒、聚会之类的方式，在家庭以外的地方释放压力，很多孤军奋战的女人却没有这个机会。而游戏角色会认可她们，告诉她们“你是最棒的”，给予她们莫大的宽慰和满足。

如今，女性向游戏市场热度很高。像登记结婚这一类线下活动，女性玩家的参与积极性更高。她们会通过购买周边等各种各样的方式表达对游戏角色的喜爱。直到不久前，或许因为玩这类游戏容易给人以“御宅族”的印象，大多数玩家会选择自己“偷偷摸摸”玩。但现在，许多玩家会通过推特等网络平台与同好交流，互通信息，结伴参加活动。

——贵司的目标用户是什么类型的女性呢？

东副社长：我们的目标用户以二十至四十多岁的职业女性和家庭主妇为主，核心玩家则是三十多岁的女性。游戏起初按照“供玩家在通勤路上玩”的思路设计，但调查后发现，绝大多数人居然是在临睡前玩。想必大家都是因家务和工作身心俱疲，所以希望在一天快结束时得到帅哥的治愈吧。我还听说，许多家庭主妇周末只能围着家务和孩子转，于是尤其盼望周一早上到来，这样就能在家人出门后专心玩游戏了。有些玩家在智能手机出现之前就已经开始玩游戏，有些在上班后停了一段时间，时间和金钱更充裕后又回归了游戏。

——在塑造角色的过程中，贵司比较关注哪些方面？什么样的角色比较受欢迎？

东副社长：游戏的背景带有很强的幻想元素，比如设置在战国时代或中世纪的宫殿，但我们会尽量把角色塑造得贴近现实。几年前，我们对发色的选择都不会太夸张，至多也就是金色。但是近年来，现实中也有不少人把头发染成粉红色和蓝色了，尤其是韩流偶像。我们也会与时俱进，做出调整。

为了把握时代潮流，我们在塑造角色时会参考当红的明星，还会把角色的设定细化到性格、身高、体重乃至喜欢的食物等各个方面。这是为了保证角色的行为模式与说话方式具有连贯性。我们还感受到了一种时代潮流的变化：不少年轻创作者喜欢的对象不再是演艺明星，而变成了二次元人物，这说明动漫和游戏已经渗透了人们的生活。我们也希望大家不光要玩游戏，还能多多关注我们推出的周边和线下活动。

有时，在我们意料之外的角色会人气暴涨，让人很有成就感。Voltage 每年都会举办角色人气票选，而最受欢迎的角色以“傲娇型”居多，即平时又酷又拽，但偶尔也会撒娇、流露柔情的类型。和现实世界大有不同的是，温柔型的角色往往无法在人气上遥遥领先。这或许也印证了，许多玩家希望在游戏中感受平时体验不到的心动。最近，我行我素的自恋型角色也很受欢迎。

*

为开拓海外市场，Voltage 在美国设立了子公司。透过他们在二〇一九年发布的英语原创游戏“Sin With Me”，我们可以看出日本和外国的婚恋观存在巨大差异。

这部作品的背景设置在拉斯维加斯的马戏团。首先，外国玩家偏爱的男女主角形象与日本玩家截然不同。在日本，无论是游戏还是漫画，较受欢迎的情节都是温柔顺从的女主角遇上表达爱意时略为强势的男主角，并受到后者的保护。

然而在美国，女性独立自主才是主流。由此可见，尽管日本女性的社会参与度有所上升，“女人不能太强势”“被男人护着才幸福”的观念依然根深蒂固。

在日本游戏中，男性角色普遍身材纤细，气质偏中性。

而在美国，无论种族，往往都是强壮、硬派的男性角色人气较高。影视作品中也多见肌肉发达的男主角。不过，“并非你情我愿的亲密行为”在欧美国家是禁忌。即便想迅速推动情节发展，也不能像日本游戏那样描写“霸道男主角强吻尚未确定心意的女主角”，否则会被玩家抵制，这一点需要格外注意。

而美国游戏最大的不同之处在于，玩家既可以选择与男性角色恋爱，也可以选择与女性角色恋爱。

这样设计的起因是，分公司的美国员工指出：“也许很多玩家想体验同性之间的浪漫。”于是游戏增加了两个可以攻略的女性角色，人设分别是“强大冷美人”和“可爱小姑娘”。

在日本，我们仍然鲜有机会去了解婚恋形式的多样性。但是通过对 Voltage 的采访，我清楚地认识到人的心动与“少女心”并不受所谓“常识”的限制。我也产生了这样一种期待：或许游戏世界会成为第一个打破婚恋领域的年龄、国籍和性别阻碍的地方。

而且，新冠疫情不但没有打击到游戏行业，反而刺激了它的发展。

疫情期间，人们减少外出，待在家里的时间显著增加，Voltage 旗下游戏的下载次数和充值金额也随之增长。他们还给男性角色加上了紧贴时事的台词，比如“我们一起努力克服眼前的困难吧”。在玩家容易情绪低落的时候，这样温柔的话语当然能够打动人心。现在，恋爱是在“二次元”还是“三次元”谈，已经越发不重要了。

AI 来做媒

有人说，在令和时代，以人工智能（AI）为代表的前沿技术将在各个领域发挥主导作用。

婚活市场似乎也不例外。前沿技术可以帮助单身男女寻找话题、活跃气氛或是筛选匹配度更高的人。一些婚介现场已经用上了这样的高科技“媒人”。

婚介机构“ZWEI”在二〇一九年四月引进了“人体通信技术”，使用者可以通过握手、触摸等肢体接触传递信息。同年六月举办的相亲派对上，男士与女士都戴上了特制腕带，只要握手寒暄，对方的资料就会显示在自己的平板电脑上，包括爱好、家乡、是否抽烟喝酒、有无婚史等。双方可以看着平板电脑进行交流，比如问对方“你爱看什么电影呀？”“你在家也喝酒吗？”。这项技术有助于相亲者增进对彼此的了解。

而在第二轮的一对一交流中，双方只要碰一碰手，平板上就会显示出诸如“如果给你一百万，你会做什么？”“你希望婚后继续工作吗？”的问题。一位来自神奈川县的男士（四十七岁）对这项技术评价颇高：

“关于金钱观、婚后要不要继续工作等比较敏感的问题，很难开口询问才初次见面的人。但涉及结婚的话，这些事又必须提前了解。多亏这项技术，我们才能顺利得知对方的想法。”

价值观一致是婚姻的必要条件。也许是因为这项技术有助于相亲双方提前判断价值观是否匹配，运用了该技术的派对配对成功率比其他活动要高出10%~20%。目前“人体通信技术”还停留在“交换数据”的阶段，但ZWEI的一位负责人表示：

“我们会积累数据，比如搜集更容易聊起来的话题，用来提高成婚率。希望将来我们可以打造出一套系统，使用者只需要碰一碰对方，就知道彼此是不是命中注定的那个人。”

为少子化烦恼的地方政府也将目光投向了“AI 红娘”。

秋田县是全日本结婚率最低的地方。二〇二〇年一月，由县政府和下级政府运营的“秋田婚姻援助中心”推出了一项 AI 配对服务。该服务系统原本由婚活援助机构“Partner Agent”开发，会员只需回答百余个关于价值观、性格等的问题，AI 就会根据以往会员的交往及成婚数据，为他们选出匹配度最高的异性。

这项服务上线之前，会员若希望相亲，必须前往援助中心（县内共有三处）现场检索对象或提交申请。相亲的日程也需要工作人员打电话协调，费时费力。引进新系统之后，会员们使用电脑或智能手机即可物色对象，工作人员的效率也有了质的飞跃。秋田县政府“新一代及女性活跃援助科”的负责人表示：

“线上婚活普及后，许多年轻人都不愿意专程前往援助中心找对象了。现在轻轻松松就能注册，但愿他们能借助 AI 找到适合的人生伴侣。”

秋田县政府的数据显示，截至二〇二一年一月底，已有八对男女通过这项服务步入婚姻。而且他们从相识到结婚的时间普遍较短，都在一到三个月之间，或许这也得益于 AI 的精准配对。

福岛县、埼玉县和福井县也先后引进了这个系统。如果效果良好，其他地方政府也可能效仿。“新郎新娘的丘比特是 AI”——或许人们很快就能在婚礼上听到这样的致辞了。

二十岁年轻人向往早婚，“先有孩子再拼事业”的时代已到来

婚介机构 ZWEI 的公关负责人告诉我，如今二十出头就注册婚介机构的人越来越多了。我对这些年轻人急于相亲的态度感到费解，也有些难以置信。

在二十世纪八十年代末的泡沫经济时代，确实有人把女性的结婚适龄期比作“圣诞蛋糕”——正如蛋糕过了十二月二十五日就没了销路，女人二十五岁还未婚就成了“剩女”。不过，厚生劳动省统计数据显示，二〇一九年日本女性的平均初婚年龄为二十九点六岁，比泡沫经济时代增加了四岁左右。

但说到这些早早相亲的年轻人，令我诧异的不光是他

们的年龄，还有他们一开始就选择了婚介机构，而非联谊之类以自由恋爱为主的方式。我不禁想起了“年轻人保守化”的说法。毕竟自己二十出头时醉心于工作，丝毫没有过结婚的念头。

抱着进一步了解令和时代年轻人价值观的想法，我开启了采访。

*

家住日本东北地区的奈央（化名）今年二十二岁，注册 ZWEI 已有一年。她高中毕业后就开始工作，目前是一家本地企业的正式员工。或许是因为具备一定的社会经验，她回答问题的思路相当清晰。不过她毕竟比我之前采访的婚活人士小了一轮多，外表仍然有些青涩。

由于有些害怕异性、不擅长与之相处，奈央一直没有交过男友。之所以注册婚介机构，是因为周围有朋友奉子成婚了。朋友对她说：“趁年轻体力好的时候生，带孩子才不会太吃力。”她觉得不无道理，开始认真考虑这个问题。

奈央本就有结婚意愿，但不想随便恋爱。如果要交往，就必须以结婚为前提，于是她想到了“相亲”。她找母亲商量时，母亲很诧异，问：“是不是太早了？”但奈央还是决定先相亲一年试试看。

现在，奈央正和一位年近三十的公司职员交往，两人是通过婚介机构认识的。她坦诚地与我分享了自己的婚姻观。

“考虑到晚年，我没有信心独自生活。婚姻在我的概念里意味着‘稳定’。我并不是期望结了婚就享清福，而是觉得有个人一起过日子，人生会更快乐一些。我不太在乎对方的收入和学历。我只是担心，如果不从现在开始好好规划人生，谁知道以后会怎样。趁早规划方向，以后工作和抚养孩子时都会更有底气。我不打算全职工作，想尽量把时间留给自己和家人。”

我之前采访的三四十岁女性也将婚姻和“稳定”联系在一起，但像她这样持“趁早规划，有条不紊地先选择生儿育女、再发展事业”观点的，我还是第一次听到。三四十岁的女性大多会把婚姻视作目标，但对奈央而言，结婚只是她人生规划的起点。

一些数据也反映了同样的趋势。

二〇一八年，某婚庆服务点评信息网站以496名大学生和大专生男女为对象，进行了一项关于“年轻人婚恋观”的调查。其中一个问题是“你将来想结婚吗？”，72.8%的受访者给出了肯定的回答。此外，49.8%的受访者对早婚持正面看法，认为二十五岁左右结婚更有利。他们之所以希望早婚，是出于以下理由：

“结婚有助于提升社会信誉，而且如果打算要孩子，还是越早越好。年轻时收入不高，抚养孩子确实会比较吃力，但考虑到退休后的生活，还是希望下一代能早些成年。”（二十二岁，男性）

“因为早婚能激励我努力工作。”（二十一岁，男性）

“能尽早为未来做准备。”（二十二岁，男性）

“可以先积累一点工作经验，有了孩子后，也来得及在孩子长大后继续工作、玩乐，退休生活也会更从容。”（二十岁，女性）

“可以早点摆脱‘你必须结婚！’的魔咒。”（十九岁，男性）

他们的回答里充满了“信誉”“未来”“准备”和“退休”一类的词语，透露着踏实与稳重。

主妇之友Infos出版社旗下的时尚杂志《S Cawaii！》应读者要求，在二〇一七年推出了一期聚焦早婚的特辑，题为“二十多岁就结婚!”，其中的篇目标题相当直截了当:“二十多岁结婚的女人不简单! 好奇‘我能在三十岁之前嫁出去吗?’的人看过来!”“无论如何都想在三十岁之前结婚! ! ! 二十二岁开始婚活! ”次年，该杂志又推出了一期婚恋特辑，题为“如何牢牢抓住男朋友，在三十岁前结婚”。这一期的封面人物是Peco和Ryuchell，二人同岁，都是读者模特，于二十一岁那年结婚，婚后经常在Instagram上分享一家三口的欢乐时刻，曾被票选为“二十多岁年轻人最向往的明星夫妇”。

正如奈央所说，对当下二十多岁的年轻女性而言，“稳定”的感觉并不在于伴侣的收入、职业等硬性条件，而是像Peco和Ryuchell夫妇那样，有个在一起很开心、很有安全感的人陪伴。我也不由得猜测，这些年轻人出现早婚的倾向，或许是因为见证了上一代人为婚活、为兼顾事业和家庭而苦恼的模样。

不过，日本社会整体的晚婚化趋势愈发明显，并非所有二十多岁年轻人都有结婚的意愿。

在今天的日本社会，早婚很可能意味着早育，因此也几乎成了“放弃事业”的代名词。现实状况是，女性只能一边守着岗位，一边摸索合适的生育时机。如果早婚成为主流，也许会掀起一波“先有孩子再拼事业”的潮流，即女性毕业后，三十岁前结婚生子，然后再回归社会。早婚是否会在令和时代变得更加主流？我们拭目以待。

新冠疫情对婚活市场的影响

二〇二〇年，新冠病毒肆虐全球，日本也受到波及。

本书序言提及的漫画《东京白日梦女》中，主人公希望在东京奥运会开办之前完成结婚的目标。现实却是，奥运会也因疫情延期一年。二〇二〇年四月十六日，日本政府针对全国发布了紧急事态宣言，人们外出的机会骤减，生活发生了翻天覆地的变化。

令和时代刚刚拉开帷幕，便遭遇了重大困难，令人难以预见未来。

为抗击疫情，人们调整了生活方式，杜绝“三密”，佩戴口罩，同时保持社交距离。紧急事态宣言发布以后，我也体验了参加工作以来的第一次远程办公。记者的主要工作是面对面采访，但我们不能在无法保障安全的情况下强行采访，于是只能怀着忐忑的心情，使用 Zoom 等视频通话软件尝试线上采访。不过我发现，比起通过电话采访，视频采访更有利于观察对方的表情，所以这已成为一种固定的采访方式。日常生活的变化也很大。由于百货公司和服饰商场都停业了，除了生活必需品，大家什么也买不了，再加上无法出远门，我起初感到非常憋闷。不过后来，我渐渐习惯，并学会了变通，开始给想要的东西排列优先级，确实想要的就上网购买。从这个角度看，疫情也给了我们重新审视生活方式的契机。

疫情扩大也对婚活市场造成了严重影响。

各种婚活以及地方政府的婚姻援助服务都被迫为防疫让路。日本东北地区一家经营了二十多年的婚介所的老板叹着气说：

“相亲就得面对面，观察着对方的表情来慢慢拉近距离。戴着口罩参加相亲派对，也无法判断对方的长相合不合意。这样的困境是前所未有的。”

越来越多的女性因疫情焦虑

日本政府发布紧急事态宣言后不久，我接到了三十六岁的非正式员工知惠（化名）的电话。她住在埼玉县，是我在之前的采访中认识的。

“因为疫情，我完全失去了结识异性的机会，该怎么办啊？”

她的声音充满焦虑。疫情之前，她每个月都会参加几场相亲派对，然而二〇二〇年四月之后，所有的派对都取消了。在二月的一场派对上，她与一位比自己小一岁的男士交换了联系方式，后来还不时一起吃饭。她对男方颇有好感，可随后他联系她说：

“万一被传染就麻烦了，疫情结束前别见面了。”

知惠怕自己再也见不到他，于是发去信息说："戴好口罩，短暂地见一面应该没事。"可对方没有回复。两人就这样疏远了。

知惠大学毕业后没能进入心仪的出版社，一直只能以非正式员工的身份工作。目前她在一家制作杂志和宣传册的公司上班。为了摆脱不稳定的生活，她几年前就已开始婚活。她告诉我，公司业务受疫情冲击很大，她的上班天数减少，工资也随之下降了。

"要是公司一直没起色，把我开除了怎么办……我很担心自己能不能一个人过下去，想结婚的念头也一天比一天强烈。"

数据也体现出了这种倾向。二〇二〇年五月，东京某婚介服务机构对 984 名二十到三十九岁的单身男女开展了问卷调查，主题是"疫情之下的婚恋现状"。其中一个问题是"新冠疫情对社会状况的影响是否改变了你对婚姻的态度？"，12.2% 的受访者回答"疫情使他们非常想结婚"，还有 24.2% 的受访者回答"有点想结婚"，可见近四成受访者的结婚意愿因疫情变强了。若按性别划分，结婚意愿变强的女性比男性多出约十个百分点。至于结婚意愿变强的具体原因，勾选“独自生活感到孤独、对未来产生担忧”的受访者最多（61%），其次是“想找个人一起生活”（21%）。看来，独处时间的增加使不少受访者感到孤独，对未来心生焦虑，进而产生了强烈的结婚意愿。

线上婚活人气爆棚

在这样的大环境下，人们开始在家中用手机或电脑参加“线上婚活”，这个趋势也引起了媒体的关注。从二〇二〇年四月起，我们对位于福冈的婚活服务企业 LMO 的线上婚活进行了为期数月的跟踪采访。

LMO 通过视频通话软件举办了各种线上相亲派对与一对一相亲会，一月还只有不到二十人参加，四月则飙升至四百人左右。在线上相亲派对中，所有参加者要先做自我介绍，然后切换到男女一对一交流的模式。如果双方通过主持人确认互有好感，就可以交换联系方式了。为避免出问题，主办方会事先要求参加者上传驾照等证件确认身份。

我们近距离旁观了一场线上相亲派对。

派对刚开始时，每个人都有些僵硬，屏幕前的人几乎一动不动。但聊到兴趣爱好时，大家的肢体动作幅度就越来越大了，房间里开始响起欢笑声。照片上的脸和身材可以“加工”，但通过视频不光可以看清对方的长相，还可以了解对方的谈吐和举止习惯。LMO 的社长高田康太如此强调：

“除了把会场搬到线上，线上派对和线下派对没什么区别，还省去了来回奔波的时间，参加起来更方便了。”

高田社长曾在某大型婚介机构担任部长，二〇一八年自立门户，在福冈市创办了 LMO。他与许多地方政府合作过旨在遏制少子化、发展本地经济的项目，本想运用既有经验大展拳脚，却遭遇了突发的疫情。

高田社长于是顺应时势，将“线上相亲派对”作为主要业务重点宣传，结果反响热烈，人气高涨。他每晚都要主持公司举办的派对，为参加者提供着装、妆容、房间布置等方面的建议，每一天都分外忙碌而充实。

从“线上相亲”到“见面当天就求婚”

六月中旬，采访已经告一段落。这时，高田社长联系我们说：“有对通过线上相亲派对认识的异地情侣结婚了。”据说他们从表白到交往都是线上进行，之后一见面就订了婚。我接触过各种各样的夫妇，这种情况还是第一次听说，顿时产生了好奇。

七月，我对他们进行了线上采访。男方纪德（三十一岁）家住熊本，女方绫子（四十三岁）家住东京。两人已在六月登记结婚。

二〇二〇年四月二十六日，他们在LMO主办的线上相亲派对上相识。纪德是疫情刚开始时投入婚活的，绫子则这样回忆道：

“因为疫情，我既不能跟朋友见面，又不能出门。所以我参加派对其实是为了找人聊天。”

当天的派对共有九人参加，他们的关系并没有太大的进展。

但当二人在五月二十日的派对上重逢时，事情的走向开始变化。

纪德在某酒店集团工作，可能被调往外地。绫子表示，“婚后住在哪里都可以”。纪德被她的爽快打动，而绫子不仅感觉纪德比之前更擅长表达了，也被他的上进心所吸引。两天后，他们参加了LMO组织的一对一线上相亲会。纪德向她表白，并问她愿不愿意跟他交往。两人就这样确定了关系。

熊本和东京离得较远，加上疫情，见面更是成了奢望。他们每天都视频通话，从各自的过去、年龄的差距聊到工作近况、对婚后生活的看法，无所不谈。

即使是离席做饭、洗澡，他们也不挂电话，甚至就保持素面朝天、穿着睡衣的样子，尽可能与对方分享自己在生活中的日常状态。听到这里，我不禁感叹：“你们太厉害了！”我觉得，在刚开始交往的阶段向对方展示自己没有化妆、毫不设防的模样，非常考验勇气。

绫子这样解释：“我们不想贸然见面浪费时间。正因为是在网上聊，我们才能更冷静地了解对方。假如当初只是随随便便约见几面，也许反而走不到这一步。”

纪德也说：“我并不介意她素颜出镜。她愿意向我展示真实的自己，我反而很高兴。”

在紧急事态宣言到期之后，六月十九日，他们终于在熊本见了第一面。

我问绫子：“见面之前，你没有任何的疑虑或担忧吗？”绫子笑着说：“我是一点都不害怕，但我的好朋友问了好几遍：‘你就不怕吗？那人的身份是真实的吗？’”

那位好友还特意问清了绫子的航班号，并嘱咐她到达熊本后给自己打电话。看来她是真的担心绫子遇上麻烦。哪怕事实证明她的担忧是多余的，有这样一位全心全意为自己着想的朋友也是幸事。

纪德与绫子终于走到了“约会”这一步。由于天天视频通话，他们都觉得和对方在一起很自在，仿佛相伴已久。接着，纪德提议：“高田社长正好在这附近办活动，顺便去看看吧。”于是两人动身前往熊本市内的某婚礼会场。绫子只在线上相亲派对和一对一相亲时“见”过高田社长几次，这回终于见到真人，她也很高兴。

事实上，纪德已计划好在那一天向绫子求婚，给她一个惊喜。

“在线上交流的过程中，我发现即使是自身不太好的一面，我也可以向绫子展示。这让我认定了她。”

高田社长和LMO的工作人员是特地从福冈赶来熊本当“托儿”的。纪德先是假称要去洗手间，然后，绫子在高田社长和其他人的催促下走进礼堂，却在那儿看到了等待她的纪德。她走上前去，而他有些紧张地念了一封提前写好的信，接着掏出戒指向她求婚。

“没想到他会第一次见面就求婚。”绫子说。虽然惊讶，她却毫不犹豫地答应了。当时，和两人一起参加线上相亲派对的伙伴也通过网络直播见证了礼堂中的景象，纷纷送上美好的祝福。

第二天，两人在高田社长和其他工作人员的陪同下，前往熊本市某区政府办理了登记手续，正式结为夫妇。由于事出突然，绫子不得不匆忙给父亲打电话，告诉他自己打算结婚。父亲很惊讶，但还是表示赞同，说：“如果这是你们一起做出的决定，那也挺好的。”

在采访期间，我也提了一些不太好回答的问题，比如：“你们一开始就互有好感吗？”“有没有在线上约见过其他人？”但他们始终面带微笑，坦率作答。哪怕隔着屏幕，我也能感觉到他们对彼此的信任。

纪德笑着对我说：“我们职业不同，年纪差距也不小，而且一个在熊本，一个在东京，本来是不会有机会相遇的。虽然疫情带来了很多麻烦，但我们也算是因祸得福吧。”

线上相亲派对、线上表白、虚拟同居、直播求婚……在我看来，纪德与绫子的每一段经历都非常新鲜。从字面意义上说，他们确实是在初次见面的第二天就结了婚。但仔细想来，除了运用视频电话等新工具，他们一路走来和寻常夫妇并无两样，也经历了邂逅、表白与求婚这几个阶段。他们通过视频通话相处，可以观察对方的一举一动，比其他主要依赖短信交流的线上相亲方式更“先进”，也更有安全感。

他们计划在疫情平息后搬到一起，举办婚礼，继续书写这段因新冠疫情结成的缘分。

“得来速”相亲

其他婚介机构也相继推出了线上相亲活动。

LMO 却计划在发展线上相亲活动的同时推进线下活动。“疫情当前，线下活动恐怕不太好办吧？”别人都有这样的担忧，擅长创新的高田社长却没有退却。

五月下旬，他在熊本市举行了首次“得来速”（Drive-Through）相亲活动。十一名单身男女开私家车到场参加。他们先分开停车，在车里通过视频通话做自我介绍。然后男士把车开到女士的车旁边，隔着窗户用手机一对一交流，再依次轮换。据说这种“线上线下结合型”的相亲活动已经成功撮合了两对。

高田社长还在福冈市与佐贺县的唐津市举办了“小酒

馆相亲会”。该相亲会的流程是，男士去唐津市的小酒馆，女士去福冈市的小酒馆，先通过视频电话自我介绍，如果有中意的异性，接下来可以一对一交流。小酒馆的特色是有阅历丰富、能为顾客排忧解难的“妈妈桑”。不少夫妇就是通过小酒馆妈妈桑介绍认识的。疫情对餐饮业造成了巨大的负面影响，而婚介机构可以通过网络将不同地区的餐饮店串联起来，使之成为跨县相亲会的新会场。

高田社长干劲十足地表示：“线上相亲是一种结识异性、增进交流的新方式。今后我们也会推出更多契合新时代生活方式的服务。”

找到的答案……

我们遇到了一位因疫情重新审视人生，开始参加线上相亲活动的男士。

他叫元气（化名），家住首都圈，在某汽车厂商工作。四十一岁的他喜爱运动，大学时隶属学校橄榄球队，为人开朗健谈。疫情暴发前，他几乎每天下班后都会拉上同事一起喝酒，周末则尽情享受攀岩等爱好，从未认真考虑过结婚的事。

然而，疫情彻底改写了元气的生活。

从四月起，公司要求员工原则上居家办公，聚餐之类“不必要、不紧急”的外出也受到了严格限制。起初，元气曾组织同事和大学同学一起线上聚餐，但是参与者一次比一次少，有的说“老婆不给好脸色看”，有的说“不喜欢没完没了地聊天”。他也联系过前女友和约会过的女生，但她们的反应都很冷淡。

于是，他在工作场合之外与人交谈的机会大大减少了。

“我一直自认为人缘好，朋友多，可朋友们都有家有室，假如真遇上紧急情况，我就是孤家寡人。这辈子以来，我第一次尝到了孤独的滋味。”元气沮丧地说。

在家里待了一个多月后，他发现自己失眠的频率显著上升，工作时也越来越难以集中精力了。他的妹妹已经结婚，住在东北老家。和妹妹通电话时，他提到了身心的不适。妹妹建议：

“我平时挺羡慕你，觉得要是没有老公孩子，自己也能有更多自由支配的时间。不过眼下这么不太平，我切身体会到了家人才是精神支柱。你也该认真物色人生伴侣了吧？”

情绪低落的元气觉得这番话说到了自己的心坎里。他交过二十多个女友，觉得自己迟早会结婚，只是暂时不想考虑这一麻烦事。而且他下意识认为，男人只要拥有财力，五六十岁也能找到对象。

“你的异性缘一直不错，所以才比较自信吧？”被我这么一问，元气似乎有些不好意思，苦笑着说：“是啊，我自以为是有权挑选的一方，而女性是被我挑选的一方。结果别说挑选了，身边一个人都没有。”

元气参加过一场线上相亲派对，参加者约有十人。但他发现自己跟二十到三十岁出头的女士很难找到共同话题。对方聊起当红谐星、流行歌曲等自己不太熟悉的事物时，他只好偷偷用手机搜索，不懂装懂。

整套流程走下来，他感到筋疲力尽。

“大概是因为当着很多人的面，我很难放下面子……”元气如此反省。后来，他调整策略，转而请高中、大学同学和年轻同事帮忙介绍，希望一对一见面。大家都对元气的变化感到惊讶，因为他之前并没有太大的结婚意愿，但还是热心地替他张罗起来。

元气和几位女士进行了线上相亲。七月，他通过朋友认识了一位年近四十的同县老乡。对方住在小城市，二十多岁时离过婚，长年在本地做办公室文员，是他在东京玩攀岩、搞联谊时永远不会遇到的类型。介绍人是元气的高中同学，他说：“我感觉你们应该合得来，先谈谈看吧。”

两人视频通话时，聊起了家乡的种种，气氛非常热烈。“那家店还在吗？”“每次春游都去那儿！”看着总是笑意盈盈的她，元气感觉自己拾回了高中时代的那份心动。只要能在一天结束前听到她的声音，他就感到安心，仿佛找到了心灵的港湾。对方表示自己有过一段失败的婚姻，所以想慢慢来，元气也很理解，没有急于求成。

自从来到东京后，元气一直认为只有在东京工作，才算“成功人士”。而疫情的到来让他对这个观念产生了疑问。他意识到，自己这些年只是埋头工作，埋头玩乐，却没有积累多少真正的人生经验。认识这位同乡女士之后，他的疑问变成了确信。目前他也开始考虑调去外地城市，或是回老家找工作了。

“这段痛苦的时光其实给了我宝贵的机会去面对自己、寻找答案。希望等到疫情结束时，我能有所成长……如果那个时候有她在我身边，就更好了。”

屏幕另一头，元气爽朗的笑容中透着一丝羞涩。

*

在整理稿件期间，疫情的发展态势依然瞬息万变：日本以外的一些国家已经启动疫苗接种工作；另有变异株蔓延开来，彻底摆脱新冠病毒暂时难以实现，或许还需要等上好几年。疫情若是控制不住，就会像二〇〇八年金融危机那样引发经济环境恶化和就业市场动荡的问题，进一步加剧“婚难”。从统计数据来看，二〇一九年的“令和婚热潮”已经一去不复返，未来数年的婚育情况也不容乐观。

先看结婚方面。内阁府数据显示，二〇二〇年一月至八月的结婚对数持续走低，比去年同期下降了 13.1%。主要原因可能是相亲活动因疫情大规模暂停，单身男女相识的机会减少，一部分情侣也推迟了结婚计划。

少子化问题也愈发严峻。厚生劳动省汇总了日本各地政府收到的怀孕申报，发现二〇二〇年五月至七月的申报人数比去年同期下降了 11.4%（即减少了 26 331 份），五月的申报人数则同比下降了 17.1%。五月的数据实际上反映了三月前后的妊娠情况，可见三月的疫情扩散引发了普遍的焦虑。除了经济和心理层面的焦虑之外，其他问题如医院对陪产与探视做出严格限制、从城市回老家待产须面对种种困难等，也被认为是导致人们不敢怀孕的原因。不难想象，二〇二一年的出生人数比起上一年会大幅减少。

不过，我们眼前并非只有消极的一面。这次采访让我意识到，无论环境如何严苛，只要还有单身男女想要结婚，就会催生出诸如线上相亲这样全新的婚活形式。正因为危机当前，我们才更有可能打破原本的观念，创造全新的婚姻形态。

此外，也有很多人像元气一样，因疫情重新审视了自己的生活和内心，心态由此发生变化。有人埋怨疫情以来的居家隔离与远程办公，说这让他们与伴侣相处的时间变得太长，以至于看到了对方的各种毛病。但也有人说，疫情让他们与伴侣变得更亲密了。或许疫情阴差阳错地成了价值观和人际关系的试金石。待到疫情平息，我们每个人应该都会有所收获。

最后，我由衷希望令和时代的日本社会能变得更加宽容，男女老少都可以远离孤独或罪恶感，以自己选择的方式生活。

我想用这个诚挚的愿望，为本书画上句号。

后记（一）

变化难测的二〇二〇年一晃而过，我们迎来了二〇二一年。截至一月上旬，新冠疫情仍未有好转的迹象。世界局势仍在不断变化，未来难以预测。

正如筋野记者在最后一章中指出的那样，婚育方面的数据也陡生异变。厚生劳动省的人口动态统计速报显示，二〇二〇年一月至十月，全日本的结婚对数比去年同期减少了约 13%。二〇二〇年十一月，共同社生活报道部面向全日本都道府县和主要城市开展了一项问卷调查，超过 40% 的调查对象表示“今年的婚育动向与往年不同”。令人忧虑的是，许多调查对象担心经济和就业形势的恶化会阻碍人们步入婚姻。

经济恶化与生活动荡其实反而可能提高人们的结婚意愿。因为无论在肉体层面还是精神层面，独自生存都变得更加困难了。然而，在人人都不得安稳的时期，越是希望婚姻带来稳定，结婚的门槛就越高。尽管有许多人厌恶居家隔离造成的孤独，可只要经济和就业没有好转的迹象，结婚对数恐怕也很难回升。

婚姻就像一面镜子，反映着时代与社会的现状。在“婚难之中”连载期间，我们也就二十多岁年轻人的婚恋状况进行了采访。他们中有人对恋爱不感兴趣，也有人在借助配对APP、众筹平台等工具物色伴侣。最令我难忘的是二十一到二十二岁的女大学生，她们属于“最后的宽松世代[①]”。这批人虽然对结婚生子有一定的兴趣，却因从小看着自由恋爱的父母吵吵闹闹、不欢而散，异口同声地告诉我：“婚姻不需要心动的感觉，利害关系一致更重要。”她们还向往所谓的“友爱结婚”，即“找一个能给自己安全感、在一起很舒服的人”。从女大学生口中听到这样的说法，让我有些惊愕。她们给我的印象是，会尽量不对婚姻和人生的其他各个方面抱有太高期望。在采访中，我接触到的不仅是一个个活生生的人，还有各种各样的人生态度与家庭观。

新冠疫情改变了人们的生活方式、教育模式和求职方法。在人生最敏感的时期经历了这场剧变的年轻一代很可

① 主要指1987年以后出生的一代日本人。他们在奉行宽松教育方法的社会氛围下长大，被称为“宽松世代”。

能会形成新的价值观，其中也包括新的婚恋观。至于他们会追求多样性，还是会变得更加保守，我们尚不知晓。世界的纷繁变化也撼动了中老年人的价值观。每个人都能切身感觉到，四平八稳的未来已经不复存在。

正因为我们置身于这样一个时代，才更应该积极探寻自己心目中的幸福，而不被“别人都这样”“大家都在催”所左右。

你想要怎样的人生？你希望和什么样的人共度一生？

幸福的方向因人而异。我们只需认定自己的方向，再放手追求。也希望整个社会能为勇敢追寻心之所向的人加油鼓劲。

井上词子

后记（二）

开始“婚难之中”系列连载的采写后，我于二〇一八年八月调任奈良分局。这里的同事都是二三十岁的年轻记者，几乎可以当我的孩子了。年轻一代在面对结婚生子这样的人生大事时，会有怎样的烦恼？记者的工作确实有趣，但极不规律，有时也很辛苦。选择了这份职业的他们又如何看待工作和生活的平衡呢？我很想借此机会和他们好好聊聊。

然而现实是，我们并没有畅谈人生的时间。我到任后不久，分局就有一位同事休产假了。还有一位女记者的孩子已经上小学，她不得不考虑如何兼顾家庭和工作。

另一位入职两年的女记者在二十五岁时结了婚。聊起年轻一代的早婚倾向时，她对我说：“我有很多同学都在这个年纪结婚，其他报社的同行也是，其中男生也不少。”她似乎对自己的决定没有丝毫疑虑。“我担心卵子会老化，而且反正也有确定的结婚对象了。”这些年轻人不仅没有为“结不了婚”烦恼，反而掀起了一股结婚生子的热潮。

在其他媒体的分局，员工休产假似乎也是常事。

我发现身边的年轻女记者显然不同于上一代人。她们的前辈总想着先积累工作经验，有了一定的资历再生育，一直推迟生育计划，直到错过最佳时机。身边的男记者们也在积极休陪产假、育儿假，理所当然地尽力照顾孩子。我每一天都能切实地感觉到，结婚生子已不再是职业发展的障碍，而是为了与伴侣并肩而行做出的顺其自然、脚踏实地的选择。

然而，我们真的可以把这种现象归结为“两代人之间的差异”吗？恐怕不行。不得不说，只有一部分经济独立、早早找到合适伴侣的人才可能选择这条路。“生不逢时”造成的不公平确实存在：无数人在就业冰河期踏入社会，被剥夺了良好的职业机遇，只能拿着微薄的工资糊口，难以找到伴侣。

这究竟是时代造就的“幸运儿”和“倒霉鬼”的两极分化，还是说，这是某种社会思想发生转变的征兆，人们开始认为一个人独自生活难免不安稳，两人相互扶持才能一起走下去？恐怕还需要等待一段时间，我们才能知晓。

况且，找到伴侣、结婚生子既不是人生的全部，也不是幸福的保障。

但写到最后，我不由得回想起筋野记者的采访，那位因海啸失去妻子的男士说过的话——

“如果你遇到了喜欢的人，就和他在一起吧。虽然总有一天是要分开的，但我觉得夫妻之间的爱情与亲情是无价之宝。”

尾原佐和子

致谢

本书根据共同社系列连载专栏《婚难之中》增补改编而成。由衷感谢各位受访者牺牲宝贵的时间配合采访，包容我们或刁钻或冒昧的问题，坦诚分享自己关于婚姻的看法和家庭隐私。

同时感谢生活报道部的高桥晓次长对连载的整体把控，感谢负责连载第七章“成为家庭主夫之后”的三田村俊哉记者和负责第八章“集体住宅 同一屋檐下”的若林美幸记者（因篇幅有限，本书未能收录这两章），感谢生活报道部前部长古口健二评论委员对本书的建议与鼓励。

最后，感谢光文社出版局新书编辑部的樋口健先生为本书出版付出的努力。

图书在版编目（CIP）数据

婚难时代 ／（日）筋野茜，（日）尾原佐和子，（日）井上词子著；曹逸冰译．—— 海口：南海出版公司，2022.10
ISBN 978-7-5735-0115-8

Ⅰ．①婚… Ⅱ．①筋… ②尾… ③井… ④曹… Ⅲ．①纪实文学－作品集－日本－现代 Ⅳ．①I313.55

中国版本图书馆CIP数据核字（2022）第029546号

著作权合同登记号 图字：30-2022-001

婚难时代

〔日〕筋野茜〔日〕尾原佐和子〔日〕井上词子 著
曹逸冰 译

出　　版　南海出版公司　（0898）66568511
　　　　　海口市海秀中路51号星华大厦五楼　邮编 570206
发　　行　新经典发行有限公司
　　　　　电话（010）68423599　邮箱 editor@readinglife.com
经　　销　新华书店

责任编辑　黄宁群
特邀编辑　敬雁飞　李昕芮
营销编辑　范雅迪　刘子祎
装帧设计　李照祥
内文制作　张　典

印　　刷　河北鹏润印刷有限公司
开　　本　1168毫米×850毫米　1/32
印　　张　8
字　　数　121千
版　　次　2022年10月第1版
印　　次　2022年10月第1次印刷
书　　号　ISBN 978-7-5735-0115-8
定　　价　59.00元